JN027378
「私、こういう性格だから、
うまく伝えられなかったのだけれど。
あなたにはきちんと話して
おきたいと思ってるわ」
雪ノ下雪乃
yukino yukinoshita
「始め方が
正しくなくても、
中途半端でも、
でも嘘でも偽物でもなくて……、
好きって気持ちに
間違いなんてない……と、
思う、けど……」
由比ヶ浜結衣
yui yuigahama

My youth romantic comedy is wrong as I expected.
hachiman hikigaya
saika totsuka
yukino yukinoshita
komachi hikigaya
yui yuigahama
sable

やはり俺の青春ラブコメはまちがっている。

My youth romantic comedy is wrong as I expected.

登場人物【character】

比企谷八幡【ひきがや－はちまん】…………主人公。高二。性格がひねくれている。

雪ノ下雪乃【ゆきのした－ゆきの】…………奉仕部部長。完璧主義者。

由比ヶ浜結衣【ゆいがはま－ゆい】…………八幡のクラスメイト。周りの顔色を伺いがち。

材木座義輝【ざいもくざ－よしてる】…………オタク。ラノベ作家になることを夢見る。

戸塚彩加【とつか－さいか】…………テニス部。とっても可愛い。が、男の子。

平塚 静【ひらつか－しずか】…………国語教師。生活指導担当。独身。

比企谷小町【ひきがや－こまち】…………八幡の妹。中学生。

カマクラ【かまくら】…………比企谷家の飼い猫。

サブレ【さぶれ】…………由比ヶ浜家の飼い犬。

design:numata rina

長文タイトルは
そろそろ廃れるらしいぞ
自分の名前にしなかった
点は評価します
『双剣は交錯し
反転世界は流転する』
（略称「はしはる」）
本出る前から
略称とか
痛いからやめろ
【主人公】足利義光
足利将軍家正統後継者。足利義輝の転生体。
普段はその力を隠しているが、
非常時にはその愛刀『影太刀』を手に颯爽と戦う。祖父から剣を習うが、
その祖父は幼い時に敵の襲撃から義光を守る為に死亡。
以来、自分に関わる者が危険な目に遭うのを避ける為、独り闘う道を選ぶ。
あえての孤高。守るゆえに独りであるというそのスタンスは理解されることがないが、
本人はそれで構わないと思っている。剣技においては当代随一、
そのオはかつての剣豪将軍を凌ぐとも言われている。
戦乱を終結させる秘太刀、『虚無』は相手の技、能力、術を打ち消す。
相手は死ぬ。
お前ら中二は
ャンセル能力が
きすぎる
ちょい待ち、
それいつ
剣習ったんだよ

お前ら中二は
コピー能力が
好きすぎる

自分の名前をかっこいい
英語っぽくしようとした
努力は買います

【ライバル】ブライト・〈ソーディアンマスター〉・ウッドストック
17歳。ラスボス。鏡面界の首領にして、最強の遣い手。
義光の同位体。オリジナル世界のコピーとして生み出された鏡面界に生まれながら、その偽物めいた世界に疑問を感じ、自らの生きる意味を求め、オリジナル世界に単身闘いを挑む。
秘剣『鏡たる千剣の閃光』〈サウザンブレイド・オブ・ミラージュ〉は相手のあらゆる技、術、能力を瞬時にコピーし、高速で一千回叩き込む。同じ能力ならより力が強いものが勝つのは必定。故に最強の秘剣。
相手は死ぬ。

同位体がどんなものか
ちゃんとググった？

【使い魔】ナクハル
雑魚。簡単に裏切る上に超弱い。
一応ブライトの部下だがお情けでおいてもらっているようなもの。カス。
痩せ型で身長は低いがちゃらちゃらした服装を好み、茶髪。
群れで行動することを好み、口やかましい。ヘアバンドのようなものをしている。
口癖は「っあー、だりぃ」「なんか臭くね！？」。
すぐ死ぬ。

こいつだけリアルすぎる
絶対モデルいるだろ
誰？ C組の奴？ なにげに
お前の心の闇が深すぎる

1

こうして平塚静は新たな戦端の口火を切る。

死海文書みたいなとんでもないことが書かれた紙束をばさっとテーブルに置いた。

「……なんじゃこりゃ」

朝っぱらからなんだか得体のしれない怖じ気の走る文章を見てしまった。

既視感と違和感とが入り混じるそれは、もちろん材木座義輝先生渾身の次回作用設定資料である。次回作の前にまず一作目を書いてほしい。

どう考えても支離滅裂で、設定資料の段階で既に矛盾が発生して破綻していた。

褒められるのは主人公が孤高の剣士であるという点くらい。

孤高こそは至高。本当のヒーローというのはひとりぼっちだ。

孤高であることは強い。繋がりを持たないということは守るべきものを持たないということだ。守るべきもの、それは言い換えれば弱点にほかならない。かのギリシャの英雄アキレスにも、最強の僧兵武蔵坊弁慶にも弱点があったからこそ敗れた。きっと彼らは弱点さえなければ歴史に勝利者として名を刻んだはずである。

したがって弱点のない、守るべきものを持たない、人との繋がりを持たない者こそは最強。

つまり、俺、最強ということである。

材木座の書いたゴミ設定の中で、このチート過ぎるほどの最強剣士の孤高という設定だけが唯一リアリティがあった。他はゴミなので赤入れしておこう。ゴ・ミっと……これでよし。

清々しい気分で一仕事終えると、ちょうど妹の小町も朝食の支度を終えていた。

共働きの両親は既に家を出ており、リビングには俺と小町だけ。

小町がエプロン姿でかちゃかちゃと二人分の朝食を並べる。っつーか、タンクトップにショートパンツ姿でエプロン着るなよ。裸エプロンみたいに見えちゃうだろ。

目の前にはきつね色したスコーンとコーヒー。そしてジャムの瓶が並べられている。

こんがりと焼かれたスコーンの香ばしい匂いと、綺麗に澄んだコーヒーから立ち上る香りが組曲を奏で響き合い、色とりどりのジャムがなんともスイートであり、プリティでキュアっキュアな朝食だった。

「いただきます」

「はいはい、召し上がれ〜。っと、小町も、いただきます！」

二人して手を合わせてから、もきゅもきゅとスコーンを口に運ぶ。

「今日の朝ご飯、ちょっとおしゃれでいいでしょー。スコーンとかイギリッシュじゃない？」

「……なんだよイギリッシュって。新しい必殺技か」

「違うよ、超イギリスっぽいってこと」

「おいマジかよ。てっきりブリティッシュっていうんだと思ってたぞ」

「やだなー、お兄ちゃん。ブリテスなんて国はないよ？」

「……イギリスは国際的にはグレートブリテンとかユナイテッドキングダムっていうんだよ。だからイギリス様式はブリティッシュ。これ豆知識な」

「い、いいの！　和製英語なの！　グレート義太夫みたいなものなの！」

……グレート義太夫は和製英語じゃないと思うけどな。

小町のずさんな言い訳を聞き流しつつ、俺は練乳を引き寄せた。

ちなみにコーヒーに練乳を入れＭＡＸコーヒー風にして飲むことを千葉ッシュという。ついでにいうと近未来バスケアニメをバスカッシュという。

「っつーか、イギリス人といえば紅茶じゃねぇの」

「それは知ってるけど、お兄ちゃんコーヒーのほうが好きだし。そっちのほうが小町的にポイント高いかなーって」

「そうだなー。ちょっとポイント高いかもなー。そういうポイント制度あったら、わかりやすくていいよな」

イエスもノーも好感度もはっきりと示されていたらさぞかし楽だろう。ノーをしっかり突きつけられて、低い好感度がちゃんと見えていれば勘違いすることもないし、簡単に諦めることだってできる。それだけで数多くの憐れな男子が救われること請け合い。

ずずーっと偽MAXコーヒーを啜りつつ、俺がそう答えると、小町がスコーンをどしゃっと取り落とした。蒼い顔をして肩をわなわなとふるわせている。

「お、お兄ちゃんが、変だ……」

「はぁ？」

「おかしいよ！　普段なら小町がこの手のことを言うと、うざがって邪険に扱ってそのちょっと冷たい態度に逆に愛を感じていたのに！」

「変なのはお前だ」

どんだけ感受性豊かなんだよ、お前。

「まぁ、冗談は置いとくとして」

小町はそう言うが、どこまでが冗談なのかわからなくて怖い。妹が冷たくされることに快感を覚える変態だとしたら、これからどう接していいか困る。毎日冷たくしてせっせとポイントを稼いでしまいそうだ。なにこの歪んだ兄妹愛。

「お兄ちゃん、最近変だよ？　覇気がない……のはいつものことか。じゃあ、目が腐ってる……のは元からか。あ、ツッコミが中途半端……もわりと昔からだし。んー。とにかく変っ！」

「心配するか貶すかどっちかにしろよ……」

愛されてるのか嫌われてるのか判断に悩むところだった。

「まぁ、最近蒸し暑いからな。腐りやすいんだろ、目とか性根とか」

「おお、ちょっとうまいこと言った！」

小町に素で感心されて俺は少しだけいい気分になる。ふふんと自慢げに鼻で笑ってしまったが、よく考えると結構ひどいこと言われてないか。

「しかし、あれだろ、六月とかもうダメだろ。祝日はないし、雨降るし、なんか暑いし。六月なのにろくでもないってどういうことだよ！」

「それは下手」

「そ、そうですか……」

小町の判断基準は意外と厳しかった。

会心のドヤ顔で言ったことを否定されると妙に寂しい。平塚先生の気持ちがちょっと理解できてしまった。

と、平塚先生で思い出した。そろそろ学校へ行かないと。遅刻するとまた鉄拳制裁されてしまう。俺は残りのスコーンを千葉ッシュしたコーヒーで流し込むと小町に声をかける。

「俺、そろそろ出るけど」

「あ、小町も一緒に行く」

もむもむとリスのように目いっぱいスコーンを頬張り、小町がいそいそと着替え始めた。だからここで着替えんなっつーの。

「先、外出てるぞ」

ふわーい、という小町の間延びした返事を背中に受けながら玄関へと出ると、むわっとした梅雨時独特の空気がまとわりついてきた。

職場見学の日以来、青空を見た覚えがなかった。

× × ×

じめじめとした空気が校舎の中にわだかまっている。登校ラッシュの昇降口は人が密集していてなおさら不快指数が上がっていた。

ぼっち、という語感から暗がりの隅っこのほうにいると思われがちだが、俺クラスのぼっちともなるとむしろ堂々と振る舞ってしまう。そのため、俺の周りはさながら台風の目のごとく、ぽつんと学校内でエアポケットを形成していた。

友達が多い連中はこのムシムシした中で三十六度もの高温を持つたんぱく質に囲まれて大変だな。梅雨から夏にかけてのぼっちの快適さは異常。風通しのよい学校生活が送れる。

昇降口で上履きに履き替えて顔を上げると、見知った顔に出会った。

「あ……」

由比ヶ浜結衣は踵を履きつぶしたローファーをつっかけて、戸惑った様子で視線を逸らす。

俺は逸らさずいつものように声をかけた。

「うす」

「……あ、うん」

それきり会話はなく、鞄を背負い直す。ひんやりとしたリノリウムの床に一人分の足音だけが響いた。その足音も雑踏に吸い込まれていく。

俺と由比ヶ浜結衣の微妙な空気は土日を挟んでも変わらず、ここ数日ずっと続き、気づけば金曜日を迎えていた。

もう朝方やかましく挨拶されることも、教室まで並んで歩くこともなく、以前と同じく、きわめて平和な生活が戻ってきていた。

オーケー。超クール。完全にリセットできている。

本来、ぼっちというのは誰にも迷惑をかけない存在だ。人と関わらないことによってダメージを与えない、究極的にエコでロハスでクリーンな生き物なのだ。

リセットすることで俺は心の平穏を取り戻し、由比ヶ浜は負い目から解放され元のリア充ライフへと回帰する。選択肢として間違っちゃいないはずだ。いや、むしろ正しい。

だいたい別に犬を助けたくらいで恩を感じる必要なんてないんだ。たまたまほんの偶然なんだから。落ちてた財布拾って届けたとかお年寄りに席を譲ったとかそういうレベルだ。そのあと、「やっべー、俺今超いいことした！　つかー、そこらのチャラチャラした阿呆と違ってやっぱ俺人間できてんなー」と一人こっそり悦に入るくらいの出来事でしかない。

その程度の偶然をいつまでも気に病む必要はないし、俺の入学ぼっちスタートという必然はなおさら気にする必要はない。

だから、この件はこれで終わり。リセットしてまたお互いの日常を過ごせばいい。人生はリセットできないが、人間関係はリセットできる。ソースは俺。中学の同級生とか一人も連絡とってな……それはリセットじゃなくて、デリートでした、てへっ。

×　×　×

無味乾燥な六限目が終わった。

俺は実直で勤勉な学生なので、授業中は誰とも話すことなく、無言で過ごしている。

ちなみに六限目はオーラルコミュニケーションの授業だったので隣の席の人と半ば強制的に英会話をしなければならなかったのだが、始まった瞬間、隣の女子は携帯を弄り始めてしまった。見回っている教師に見咎められるかとも思ったが、俺の固有スキル・気配遮断を使ったおかげで気づかれずに済んだ。さすが俺。

……それにしてもこのスキル、いつ解除されるんだろう。

帰りのＨＲを終えてもスキルの効果は絶賛継続中のため、誰に気づかれることもなくそっと荷物をまとめた。何これスパイかよ。

やばい。そのうちＣＩＡとかからスカウト来るかもしれない。間違ってＡＩＣからスカウトが来たら大人しく天地無用のＯＶＡ作ろう。

そんなことを考えていると、後ろでは「これぞ青春！」といわんばかりの他愛もない喧噪が繰り広げられていた。

だらだらと部活へ向かう準備をしながら先輩や顧問の悪口でひとしきり盛り上がる運動部。

今日のおやつに何を持ってきただとかで、きゃいきゃい微笑みを交わす文化部。

そして、かったるそうに放課後遊びに行く計画を話し合う帰宅部。

その中で一際大きな声でにぎにぎしくしている連中がいた。

「今日顧問休みとかサッカー部ほんと羨ましいわー」

ふと見やれば葉山たちが男女七人入り乱れ、車座になってだべっている。その中で野球部である童貞風見鶏の大岡が不満げに漏らした。すると、ラグビー部のあの、ナントカの大和がうんうんと頷く。それを受けて金髪お調子者の戸部が騒ぎ始めた。

「やっべ、お前ら今日部活とかマジウケんだけど。え。どーするー？　今日、どーするー？」

「まかせるー」

三浦は戸部の言っていることにとことん興味がなさそうに右手で携帯を弄りながら、左手でドリルみたいに巻いた髪をみょんみょんと引っ張っている。横に海老名さんと由比ヶ浜を従え、今日もクラスの女王様はちゃんと君臨していた。

三浦に一任されて戸部は俄然やる気を出し始める。

「あー！　じゃ、サーティワンとかよくない？　よくなくなーい？」

一瞬の間が空いて、ぱたん、と三浦の携帯が閉じられた。

「えー？　それはないわー」

……任せてないのかよ！

思わず人の会話に心の中で突っ込んでしまった。ぼっちのツッコミスキルは日々こうやって磨かれるのだ。

そのはずみで思わず、三浦たちのほうに目が行ってしまう。

すると、その中にいた由比ヶ浜と目が合った。

「…………」

「…………」

存在を認識し合っているのに、言葉は出ず、ただその挙動を窺うようにそっと覗き合う。

それは例えるなら地元の駅を使ったとき、ホームで同じ中学の同級生が隣の乗車口にいたときに近い。「やべ、大船くんだ……」とこっちが気づいていて、相手も「あ……誰だっけ……ひ、ひき……まぁいいや」というあの状況。おい、思い出すの諦めんなよ。

あー。あれはあれだ。べ、別に相手が俺のことを覚えてないとかではなくて、俺の記憶力が半端ないだけだ。脳が優秀なのだ。ぼっちは人の名前を覚えるのが意外に得意なのである。いつ話しかけられるのかなードキドキと思ってしまうからだろう。

どれくらい記憶力がいいかというと、一度も話したことがない女子の名前を呼んだとき、その女子の顔が「なんで名前知ってるの…怖い…」と恐怖に歪んで……まぁ、俺の話はいいか。

とにかく、俺と由比ヶ浜の関係は一流の剣豪同士が間合いを測り合うようなあの瞬間に似ていた。「この勝負……、先に動いたほうが負けるな……」みたいな雰囲気である。

その妙な空気を壊したのは三浦だった。

「やっぱボウリングっしょ」

三浦がした脈絡のない提案に海老名さんが頷く。

「わかるっ！　ピンって絶対誘い受けだよねっ！」

「海老名、マジ黙れし。鼻血拭けし。ちゃんと擬態しろし」

呆れたように言いながら、三浦が海老名さんにティッシュを差し出した。意外に優しいのな、と思ったが、どう見てもテレクラのティッシュなのでちょっと微妙だった。

「ボウリングとかマジあがるわー。むしろボウリング以外考えられないわー」

「だしょ？」

戸部が賛同すると三浦が自慢げにドリルをみょんみょんする。だが、葉山はそうでもないらしく少し考える仕草を見せた。

「でも、先週もやったしな……。久しぶりに、ダーツとかいいんじゃね？」

「隼人が言うならそうするー♪」

三浦は一瞬で手のひらを返して見せた。お前の特技、めんこかなんかなの？

「じゃあ、行くか。やったことない人いたら俺が教えるから言ってくれよ」

そう言って葉山は椅子から立ち上がると歩き出す。三浦、戸部、海老名さんもそれに続いた。

が、ワンテンポ遅れてる存在に気づいて三浦が振り向いて声をかけた。

「ユイー、なにしてんの？　行くよー」

「……え、あ、……う、うん！　今行く！」

それまで、会話に聞き役として参加していた由比ヶ浜は焦ったように鞄を引っ掴む。立ち上がりぱたぱたと小走りになったが、俺の横を通ったとき、ふと、その歩調が鈍った。

迷ったのだろうか。このまま三浦たちと行くべきか、それとも奉仕部へ行くべきか。

まぁ、あいつは優しいからな。こっちを気にする必要なんてないのに。

けど、気にしなくていいと言っても、視界の端でうろちょろされたら気になるものである。

いかんいかん、ぼっちは決して人に迷惑をかけないものなのだ。

ここは早めに去るとしよう。比企谷八幡はクールに去るぜ。どれくらいクールかというとラジカセにしゃべる内容あらかじめ吹き込んでおくくらいクール。

COOL！　COOL！　COOL！

俺は極力由比ヶ浜のほうを見ないようにして、そっと教室から立ち去った。

×　×　×

特別棟の四階。奉仕部の部室では雪ノ下雪乃がいつもと同じく部室の最奥で平素と変わらぬ冷めた表情で座っている。

いつもと違うのは文庫本ではなく、ファッション雑誌を読んでいる点だろう。珍しい。

他に変わったところといえば、制服が夏服に変わったことくらいか。

雪ノ下はブレザーではなく、学校指定のサマーベストを着ていた。学校指定といえばダサいことの代名詞みたいなものだが、雪ノ下が着ると清涼感が漂い、不思議と様になっている。

「うす」

「……なんだ、比企谷くんか」

雪ノ下はふっと短いため息を吐いてすぐさまファッション雑誌のほうに目を落とす。

「その、席替えしたときの隣の女子みたいな反応やめろ。わりと素で傷ついちゃうだろうが」

なにも学校行事だけがトラウマ量産地ではない。普段の何気ない生活の中にもトラウマの芽は埋まっているのだ。いや、特別なことじゃない分、より本音に近いのでたちが悪い。

月に一回の席替えなんてまさにその最たる例だろう。

「あれって俺全然悪くねぇのになんで俺が悪いみたいな空気になるんだろうな。くじ引きなんだから俺の横を引いちゃったくじ運の悪さを嘆けっつーの」

「自分の横の席が最悪だというのは認めてしまうのね……」

「最悪とまでは言ってねぇよ、それお前の主観入っちゃってるじゃねぇか」

「ごめんなさい。無意識って怖いわね」

そう言って雪ノ下(ゆきのした)はにこっと笑った。無意識のほうが余計に傷つくんですが……。

「さっきのもつい無意識に言ってしまっただけだから、気にしないで。てっきり由比ヶ浜(ゆいがはま)さんかと思ったのよ」

「ああ、そういうことか」

雪ノ下がそう思うのも無理はない。由比ヶ浜はここ数日、部室に顔を出していなかった。今日こそは来るんじゃないかと気にかけていたのだろう。

「一昨日は動物病院へ検診、昨日は家の用事……」

携帯電話の画面を見つめながら雪ノ下は小さな声で呟(つぶや)く。おそらくそこには由比ヶ浜からのメールがあるはずだ。俺のもとには届いていないメールが。

果たして、今日由比ヶ浜は部活に来るのだろうか。

来たら、俺は今朝と同じような態度をきっととるだろう。

こういう空気になったときの結末はよく知っている。

お互い、なんとなく距離を取って、なんとなく交流が途絶えて、そして、なんとなく二度と

会うこともなくなる。ソースは俺。

小学校の同級生も、中学校の同級生も、皆そうして会うことはなくなった。由比ヶ浜ともたぶんそうなるのだろう。

部室は静かだった。

ただ雪ノ下が雑誌のページを繰るぺらりという安っぽい音だけがする。

そういや、最近はずっと騒がしかったな。最初は俺と雪ノ下だけで、ずっと沈黙が流れ、それ以外の時間は罵倒し合うだけだった。

ここ一、二か月の間のことでしかないのに随分と懐かしくなり、俺がぼーっとドアを見ていると、それを見透かしたように雪ノ下が口を開いた。

「由比ヶ浜さんなら今日は来ないわよ。今メールが来たわ」

「そ、そっか…、べ、別に由比ヶ浜のことなんて気にしてないんだからね！」

「その気持ち悪い口調はなに……」

ほっと胸を撫で下ろしつつ、扉から意識を離して雪ノ下を見る。

雪ノ下はひっそりと小さなため息を吐いていた。

「由比ヶ浜さん、もう来ないつもりかしら……」

「聞いてみればいいんじゃねぇの？」

雪ノ下にはちゃんと連絡をしているのだから、聞けば答えるはずだ。

だが、雪ノ下は力なく首を振った。

「聞くまでもないわ。私が聞いたらあの子は行くってきっと答えるもの。たとえ来たくなくても……たぶん、来るわ」

「そう、だな……」

由比ヶ浜結衣はそういう奴だ。自分の感情よりも他のことを優先するのだ。だから、ぼっちにも話しかけてくるし、メールすれば返っても来る。

けど、それは優しさであり同情であり、ただの義務だ。なのに経験値の低い男子が「……あ、あっれー？　ひょ、ひょっとしてこいつ、俺のこと好きなんじゃね？」と勘違いするには充分すぎるから困る。もちっとわかりやすくしてほしいもんだぜ、ほんと。

女子からのメールは自動で敬語に変換するソフトとかあればいいのに。そしたら変な期待せずにすむのにな。……あれ？　これ売れるんじゃね？

俺が一攫千金を夢見ていると、雪ノ下は黙りこくって俺をじっと見ていた。整った顔立ちで見つめられるとドキドキしてくる。恐怖で……。

「な、なんでしょうか」

「……あなた、由比ヶ浜さんと何かあったの？」

「いや、何も」

即答した。

「何もなかったら、由比ヶ浜さんは来なくなったりしないと思うけれど。喧嘩でもしたの？」

「いや、してない、と思うが」

雪ノ下にそう言われて、思わず言葉に詰まってしまった。

ただ嘘はついてない。あれが喧嘩なのかどうかも俺には判断がつかない。

そもそも人と喧嘩するほど深く関わってきていない。ぼっちは平和主義者なのだ。無抵抗以前に無接触。世界史的に考えて超ガンジー。

俺の知ってる喧嘩というのは兄妹喧嘩だけで、それだって俺が小学生のときの話だ。大抵いつも小町が父親を召喚して俺のライフポイントがゼロになって終了する。父親がいないときに喧嘩しようものなら、トラップカードで母親が出てきてやはり俺が負ける。

説教されて、そして夕飯になったら仲良く食卓を囲んで兄妹喧嘩は終結するのだ。

俺が黙考していると、タイミングを計ったように雪ノ下が再び口を開いた。

「由比ヶ浜さんは浅慮だし、慎みがないし、深く考えずに思いつきだけで物を言うし、人の領域に無遠慮に踏み込んでくるし、その場しのぎで誤魔化すし、何かと騒がしいし」

「お前のほうが喧嘩してるみたいだぞ……」

本人聞いたらたぶん泣くぞ。

「最後まで聞きなさい。いろいろと短所はあるけれど、……でも、悪い子ではないわ」

さすがにそんだけ短所をあげつらっておいて、悪い子じゃないも何もあったもんじゃないと思うのだが、頬を赤らめてそっと視線を外し、消え入りそうな声で呟く姿を見れば、これが雪ノ下流の最大の賛辞なのだとわかる。本人が聞いたらたぶん泣くぞ、感動で。

「いや、それは俺もわかってるよ。別に喧嘩してるとかじゃない。だいたい喧嘩なんて元々それなりに近しい連中がすることだろ。だからあれは喧嘩っつーより……」

俺が言葉に詰まってがしがしと頭を掻いていると、雪ノ下はそっと顎に手をやり考えるような仕草をした。

「……諍い、とか？」

「ああ、それは近いけど、ちょっと違うと思う。当たらずとも遠からずって感じか」

「じゃあ戦争？」

「当たってないし遠くなったな」

「なら、殲滅戦」

「話聞いてた？　遠くなったよ？」

なんでよりひどい闘争状況に向かうんだよ。思考がナチュラルに織田信長すぎる。

「では、……すれ違い、というやつかしらね」

「ああ、そんな感じだな」

まさしくそれだ。まさゆきの地図とかもらえちゃうやつだ。中学のとき、学校ですれ違い通信してたらクラスが「このエイトマンて誰？」と一瞬ざわついたやつだ。

いやしかしゲームにああいう通信機能つけるの本当にやめてほしい。ネット対戦とかならまだいいのだが、身近な人とのコミュニケーションを前提としたゲーム設計は間違いなく「ぼっち殺し」である。あれのおかげで進化できなくて図鑑埋まらなかったんだぞ。

「そう、なら仕方ないわね」

雪ノ下(ゆきのした)は小さくため息を吐(つ)くと雑誌を閉じた。その様子は言葉とは裏腹に、ただ諦観(ていかん)めいた弱々しいものだった。

それっきり、雪ノ下は問うことをやめた。いつもの、俺と雪ノ下の距離が保たれる。

俺と雪ノ下は距離感の取り方がたぶん似ている。

世間話や一つの題材についてであれば話したりするが、個人のプライベートに触れることはかなり稀だ。「何歳ですか？」「どこに住んでいますか？」「誕生日はいつですか？」「兄弟はいますか？」「ご両親の職業は？」そういったことを自分から聞くことがない。

その理由はいくつか推測できる。もともと他人への興味が薄いのかもしれないし、地雷を踏まないようにしているのかもしれない。まぁ、あと、ぼっちは質問するのが下手、というのもある。脈絡もなくそういう質問をするのがなんとも居心地が悪いのだ。

立ち入ったことを聞かず、決して踏み込まず、これはこれで剣の達人同士の間合いの測り合いのようだった。

「まぁ、こういうのはあれだろ、一期一会(いちごいちえ)ってやつだな。出会いがあれば別れもある」

「素敵な言葉のはずなのにあなたが使うと後ろ向きな意味でしか捉えられないわね……」

雪ノ下は呆(あき)れたように言うが、実際、人生なんて一期一会だ。小学校の頃、転校していく奴に手紙書くよって約束して俺だけ返事が来なくて二度と送らないとかそんな感じだ。健太くんにはちゃんと返事が来たんだけどなぁ……。

君子危(あや)うきに近寄らず、来る者は拒み、去る者は追わず。たぶんそれがリスクを負わない唯一の方法だろう。

「けれど……、確かに、人と人の繋(つな)がりなんて案外あっけないものよね。些細(ささい)なことで簡単に壊れてしまう」

どこか自嘲(じちょう)気味(ぎみ)に雪ノ下が呟(つぶや)く。

すると、唐突にガラッと戸が引かれた。

「だが、些細(ささい)なことで結ばれもするのだよ、雪ノ下。まだ諦(あきら)めるような時間じゃない」

やたらとかっこいい台詞(せりふ)とともに白衣を翻(ひるがえ)しながら俺たちのもとへと歩いてくるのは誰あろう、俺へのオフェンスに定評のある平塚(ひらつか)先生だった。

「先生、ノックを……」

平塚先生は雪ノ下の苦言などまるで気にしてないふうで、部室を見渡す。

「ふむ。由比ヶ浜(ゆいがはま)が部室に来なくなってからもう一週間か……。今の君たちなら自らの力でどうにかすると思っていたのだが……。まさかここまで重症だったとは。さすがだな」

どこか感心しているかのような口調で平塚先生は言う。

「あの、先生……。なんか用があったんじゃ」

「ああ、それだ。比企谷。以前、君には言ったな。例の『勝負』の件だ」

勝負、と言われて俺はなんとなく思い出す。確か、俺と雪ノ下、いったいどちらがより人に奉仕できるかロボトルファイトっ！　というやつで、ロボポンじゃないほうだ。

その勝負のルールについて一部仕様の変更をするとかゲーム会社みたいなことをこの間、平塚先生は言っていた。今日の用件はその新ルールについてなんだろう。

「今日は新たなルールの発表に来た」

平塚先生は腕を組み、仁王立ちになった。俺と雪ノ下も若干姿勢を正して聞く体勢に入る。

俺と雪ノ下を交互に見つめ、平塚先生は充分なためを作る。そのゆっくりとした挙動が逆に緊張感を掻き立てた。こくっと自分の喉が鳴ったのを意識してしまうほどの静寂。

流れていた沈黙を破壊するように、平塚先生は厳かに口を開いた。


「君たちには殺し合いをしてもらいます」


「……古い」

最近、金曜ロードショーでも見かけねぇぞ。あと、金ローはラピュタ年一でやりすぎでしよ？　俺、ＤＶＤ持ってるからいいよもう。ゲドやれゲド。あれは買ってないから。

　というか、最近の高校生はその映画知らんだろ。と思って雪ノ下を見ると、雪ノ下は路傍のゴミでも見るような冷たい眼差しを平塚先生に向けていた。

　ある意味まっすぐな視線を受けて、平塚先生は誤魔化すように咳払いをする。

「ん。んんっ。と、とにかく！　簡単に言うとバトルロワイアルルールを適用するということだ。三つ巴の戦いこそは長期化するバトルマンガの王道だ。わかりやすく言うと、Ｙ∀ＩＢＡのかぐや編だな」

「また懐かしいタイトルを……」

「三つ巴のバトルロワイアルだから、もちろん共闘もありだ。君たちは対立するだけでなく、協力することも学んだほうがいい」

　なるほど、確かに最初に邪魔な奴を結託して潰すのはバトルロワイアルの定石だ。

「ということは、常に比企谷くんは不利な状況で争うことになりますけど……」

「だよな」

　もう反論とか抗議とかする以前にすんなり受け入れてしまった。どう考えても俺VS.あと二人という構図になってしまう。

　だが、悟りの境地に達している俺と対照的に、平塚先生は不敵な笑みを漏らした。

「安心したまえ。今後は新入部員の勧誘も積極的に行っていく。ああ、もちろん勧誘するのは君たちだが。つまり、自分の手で仲間を増やすことができるのだよ。目指せ、一五一匹！」

平塚(ひらつか)先生は自信満々に言うが、仲間の数に、如実に年齢が現れていた。最近は五〇〇匹近くいるだろ、あれ。

しかし、仲間を増やせだなんて簡単に言ってくれるなこの人。

「どちらにしろ比企谷(ひきがや)くんには不利なルールね。勧誘に不向きだし」

「お前に言われたくねぇぞ……」

「なに、君たちは現に一人入部させている。難しく考える必要はない」

まぁ、言われてみりゃ確かにそうだ。ただ、いつもいつでもうまくいくなんて保証はどこにもないけど（そりゃそうじゃ！）。

実際、そのうまくいったはずの由比ヶ浜(ゆいがはま)も今はいない。そのことは平塚先生も気づいているのか少し表情を曇らせる。

「とはいえ、その由比ヶ浜ももう来ないようだしな……。いい機会だ。欠員を補充する意味でも新入部員の獲得に乗り出したほうがいいだろう」

そう平塚先生が言うと、雪ノ下(ゆきのした)が驚いたように顔を上げた。

「待ってください。由比ヶ浜さんは別にやめたわけでは……」

「来ないのなら同じだよ。幽霊部員など私は必要としていない」

表情にさっきまでの穏やかな雰囲気がなくなっていた。平塚先生は寒気すら感じさせるような強い眼差しで俺と雪ノ下を射抜く。

「君たちは何か勘違いしていないかね？」

　それは問いかけでも確認でもなく、訓告であっただろう。疑問の形をとりながら暗に俺たちの罪科を責め立てるためのものだった。

　答えられず、俺と雪ノ下が黙ると、平塚先生はなおも続ける。

「ここは君たちの仲良しクラブではない。青春ごっこならよそでやりたまえ。私が君たち奉仕部に課したものは自己変革だ。ぬるま湯に浸かって自分を騙すことではない」

「……」

　きゅっと唇を嚙みしめて雪ノ下がそっと目を逸らす。

「奉仕部は遊びではないよ。れっきとした総武高校の部活動だ。そして、君たちも知っての通り、やる気がない者に構ってやるのは義務教育までだ。自ら選択してこの場にいる以上、意志なき者は去るほかない」

　やる気と意志、か……。

「あ、あの……俺、やる気も意志もないんで去ってもいいですか……」

「受刑者にそんな自由があると思ったかね？」

　こきこきと拳を鳴らす平塚先生に睨まれた。

「で、ですよね……」

やはり逃げられなかったか……。

平塚（ひらつか）先生は俺を軽く威嚇（いかく）した後、雪ノ下（ゆきのした）に向き直った。雪ノ下は無表情ながらも、その態度にはいくらかの不満が見て取れる。

それを見て平塚先生はちょっと困ったように微笑（ほほえ）んだ。

「しかし、由比ヶ浜（ゆいがはま）のおかげで、部員が増えると活動が活発化することはわかった。もう一人いたほうがバランス的に良いということなのだろうな。だから、……君たちは月曜日までにもう一人、やる気と意志を持った者を確保して人員補充したまえ」

「月曜までにやる気と意志のある奴……。注文細けぇ……。おい、これ最終的に山猫に食べられちゃうんじゃねぇの」

「あなた、宮沢賢治（みやざわけんじ）好きね……」

国語学年三位と一位らしいやりとりだった。

しかし月曜までということは今日と当日を含めても四日しかない。その間に奉仕部の活動に対してやる気があり、かつ自己変革の意志がある者を連れてこい、というのは相当に無理難題だと思う。なんなの？　かぐや姫なの？　――ああ、だからこの人は結婚ができないのかも。そのうちかぐや姫と同じく、実家から迎えが来ちゃうぞ。

「お、横暴だ……」

せめてもの抵抗で恨み言を言うと、平塚先生はにぃっと笑った。

「心外だな。私なりの優しさのつもりだがね」

「どこがだよ……」

「わからないならそれでいいさ。では、今日の部活はこれまで。さぁ、確保する算段でも考えたまえ」

平塚先生はそう言うと、部室から無理矢理俺と雪ノ下を追い出す。二人して鞄ごとぺいっと部室の外に投げ出されると、ぴしゃりと部室の扉が閉まる。

平塚先生はさっさと施錠し、そのままつかつかと歩き始めた。

その背中に雪ノ下が声をかける。

「平塚先生。一つ確認しますが『人員補充』をすればいいんですよね？」

「その通りだよ、雪ノ下」

短く、ただ一言だけを残して平塚先生は去っていく。ただ、振り向きざまに見せた表情はどこか笑っていた。

平塚先生を見送りながら俺と雪ノ下は顔を見合わせる。

「なぁ、人員補充ってどうすりゃいいんだ？」

「さぁ？　誰かを誘ったことなんて一度もないからわからないけれど。でも、入ってくれそうな人に心当たりならあるわ」

「誰？　戸塚？　戸塚か。戸塚だよな？」

他に全く思いつかない。なんなら戸塚のこと以外考えてないまである。

俺の怒濤の戸塚攻めに雪ノ下は辟易した表情をした。

「違うわ。彼も入ってくれるかもしれないけれど……。もっと簡単な方法があるでしょう？」

雪ノ下はそう言うが、他に俺たちが声をかけられそうな人間がいない。考えに考え抜いて葉山隼人という稀代の真リア充が思いつく程度だ。まぁ、葉山なら頼み込めば協力してくれるかもしれない。だが、それではやる気、意志という部分をクリアできないだろう。他にまったく誰も思いつかなかった。え？　材木座？　珍しい名字だな。で、誰それ。

考えあぐねている俺を見て雪ノ下が小さくため息を吐く。

「わからない？　由比ヶ浜さんのことよ」

「は？　や、だってやめるんでそ？」

俺が言うと、雪ノ下は肩にかかった髪を振り払い、瞳に確かな意志を込めて俺を見た。そこにさっきまで見せていた諦観の色はない。

「だったらなに？　もう一度入り直せばいいだけでしょう。平塚先生は人員の補充さえできればいいと言っていたわけだし」

「まぁ、そうかもしれんけど……」

確かに、欠員を補うことができれば解決はする。ただ、ネックになるのが、やる気の問題である。とにかく、由比ヶ浜のモチベーションを上げない限りはそもそも部室に寄ってくることすらない。

そのことには雪ノ下自身気づいているのか、考えるようにそっと顎に手をやった。

「……とにかく、いつも通りの由比ヶ浜さんが戻ってくる方法を何か考えてみるわ」

「えらいやる気だな」

俺が言うと、雪ノ下はどこか自嘲気味に微笑む。

「ええ。……つい最近気づいたのだけれど、私はこの二か月間をそれなりに気に入っているのよ」

「…………」

俺はぽけーっと口を開けていたに違いない。雪ノ下がこんなことを口にするなんて……。

雪ノ下は俺が沈黙したことに狼狽したのか、少し顔を赤らめた。

「な、なに？　変な顔をして」

「あ、いや。別に。というか変な顔はしてねぇよ」

「してたわよ」

「してねぇよ」

「訂正。今もって現在進行形で変な顔だわ」

それじゃ、と言って雪ノ下は歩きだす。その横顔はついさっきまでのどこか沈んだ表情ではなく、いつもの、不敵な自信に満ちた雪ノ下雪乃の表情だった。

やはり戸塚彩加との青春ラブコメはまちがっていない。

横暴な命令を受けて二十分後、俺は駐輪場で途方に暮れていた。

雪ノ下の言うように、由比ヶ浜のやる気を引き出して奉仕部に戻ってきてもらうのが一番手っ取り早いのだろう。

俺としても別に由比ヶ浜が戻ってくることに異論があるわけではない。既にリセットをかけて適切な距離を置けているはずだ。あとはそれを維持できれば問題ないわけで。

では、どうやって由比ヶ浜のモチベーションを引き出すか。

ただ連れ戻せったって首に縄をかけて引っ張ってくるわけにもいかんし、戻ってくださいって言ったところでそれで以前のような雰囲気にはならんだろう。

——どうしたものか。

しばし考えてみる。

が、……わからん。謝る？　いや、でも俺別に悪くねぇしな……。

小町と喧嘩したときなんかは結構有耶無耶のうちに終わるんだよな……。今回のこともなんかいい感じに有耶無耶にならないかな……。

どんよりとした表情でがしがし頭を掻いていると、不意に声をかけられた。

「八幡？　あ、やっぱり八幡だ」

振り返ると、きらきらとした夕日に照らされて戸塚彩加がはにかんでいる。そうしてただ立っているだけて、舞う埃は光の粒子に姿を変えて、──戸塚マジ天使。

一瞬、気を取られかけるがあくまでクールに振る舞うことにした。

「よっ」

「うん。よっ」

俺の真似をするようにして戸塚は片手を挙げる。ぶっきらぼうな仕草がちょっと恥ずかしかったのか、えへへと照れ笑いを浮かべた。だめだこれ可愛すぎる。

「八幡も今帰るとこ？」

「ああ。戸塚ももうテニス部終わったのか？」

ジャージ姿のままの戸塚はラケットを背負い直すと少し考えてから首を振った。

「まだ終わってないんだけど、夜はスクールがあるから……ちょっと先に抜けたんだ」

「スクール？」

なんだろう、戸塚くらい可愛いと沖縄アクターズスクールとかそういうスクールに通ってアイドルになるんだろうか。よし、ＣＤ一〇〇枚買っちゃうぞ！　で、握手券抜いたらＣＤはどっか売る。

「うーんとね、テニススクール。部活だと基礎的な練習がメインになっちゃうから」

「へぇ……結構本格的にやってるんだな」

「そ、そんな大したことないよ……でも、……好きだから」

「え？　悪い、もう一回言ってくれ」

「えっと……そんな大したことないよ？」

「じゃなくて、その次」

「……す、好きだから」

「オッケ、今度こそ聞き取れた」

俺は心のXボタンを押して今の言葉を心に深く刻み込んだ。

俺がほふうと幸福のため息を吐くと、戸塚はきょとんとした表情で「ん？」と小首を捻っている。とりあえず俺の目的は達成された。ミッションコンプリート。

「あ、いや悪かったな。戸塚。スクールだっけ？　行くんだよな。じゃあな」

軽く手を振って自転車に跨ると、漕ぎ出そうとする。と、背中にくいっと抵抗感があった。何か引っかけでもしたのかと振り返ると戸塚が俺のシャツをつまんでいる。

「あ、あの……スクール、夜からなんだ。だから、始まるまでちょっと時間あって……、駅の近くなんだけど…歩いてすぐのところで……じゃなくて。少し、遊びに行かない？」

「え……」

「暇なら、でいいんだけど……」

たぶん、こんなふうにお願いされて断れる奴なんていないだろう。たとえこのあとバイトがあったとしても俺は休む自信がある。その結果、居づらくなってバイトやめるまである。

これが女子からの誘いだったらまずは周辺を確認し、罰ゲームを見張っている連中を探し出すことから始めて、その確認が終わった後にどっちにしても念のため断るのだが……。

戸塚は男だ。

……男なんだよなぁ。

まぁ、しかし男だ。なんという絶対の安心感。

戸塚相手なら優しくされても勘違いすることもないし、勢い余って告白してこっぴどく振られ、やたらめったらダメージを負うこともない。まぁ、男子相手に告白云々言ってる時点で俺の社会的なダメージが半端ないけど。

となれば、俺のほうに断る理由はない。

「行くよ、どうせ帰っても本読むくらいしかすることないしな」

これがもう本当にびっくりするくらいやることない。本読む、マンガ読む、録りだめたアニメ観る、ゲームする、飽きたら勉強、みたいな状況である。しかもそれがすげぇ楽しいから困るんだよな。

「そっか、良かった……。じゃ、じゃあ駅まで行こっか」

「後ろ乗るか？」

ぽんぽんと俺が荷台を軽く叩いて聞く。

男子の二人乗りなんてそんな珍しいことではないだろう。むしろよくある光景だ。だから、戸塚が荷台に腰掛けて俺の腰にきゅっとその腕を回して「八幡の背中……大きいね」と言っても不自然なことは何一つないと思うのだ。

だが、戸塚はふるふると首を振った。

「い、いいよ。ぼく、重いし……」

どう見てもそこらの女子より軽そうだけどな……と言おうとしたが、そうか、と答えるだけにとどめる。戸塚は女の子扱いされるのあんまり好きじゃないしな。

「向こうの駅までちょっと遠いけど、一緒に歩こうよ」

戸塚は照れたように微笑むと俺に一歩先んじるように歩き出した。俺も自転車を押しながら後に続く。

道すがら、時折、ちらっと俺の表情を窺うようにふり仰いでくる。五歩歩いてはちらっ、八歩歩いてはちらっ。……いや、そんな心配しなくてもちゃんとついて行ってるから。

お互い、無言のままサイゼ横の公園の角を曲がり、歩道橋へと続く道を進む。

なんだか付き合いたての中学生カップルみたいにお互いに目配せをしながらも口を開くタイミングを失っているような、甘酸っぱい時間だった。ドキドキのあまり死ぬかと思った。

国道をまたぐ歩道橋は二段構造になっていて、上が自動車、下が歩行者という具合に分けられている。吹き抜ける風は排ガスを蹴散らしながら、日陰へと涼しい風を運んでいた。

「気持ちいいね、八幡」

それをきっかけにしたかのように、戸塚は五段上の階段から振り返る。その爽やかな笑顔は写真にして.jpgで保存しておきたいくらい、初夏らしい一枚だった。

「そうだなー。これくらいだと昼寝するのにちょうどいいんだけどな」

「八幡、休み時間あんなに寝てるのにまだ寝たりないの？」

くすっと微笑みながら戸塚は言うが、そうじゃねぇんだ……。特に話す人もいないし、することもないからとりあえず寝てるだけなんだ……。

「スペインじゃシエスタって昼寝の習慣があってだな、こいつを行うことによって眠気やだるさを軽減させて午後の活動効率を上げるんだ。これはあっちの企業では普通にやってることらしいぜ」

「へぇ……八幡はちゃんと考えてお昼寝してるんだね」

「あ、いや、ま、まあな」

もちろんそんな意図はまるでなく、ただそれっぽいことを言っただけなのだが、こうもあっさり信じちゃうとは。少し調子がくるうな……。俺が信頼されてるのか戸塚が騙されやすいのかちょっとわからん。たぶん後者。将来悪い男に引っかかりそうで心配だ。俺が守らなきゃ！

歩道橋を登り終えると駅まではもうすぐである。まっすぐの道を相変わらずのスピードで俺たちは進んでいた。

視界に駅を捉えたあたりで少しだけ戸塚の歩調が緩んだ。どの方向へ行こうか悩んでいるようだ。

「どこ行くんだ？」

「えっと……どこか短い時間で気晴らしになりそうなところ……」

「……ストレス、たまってんのか？」

なんだろう、すごい罪悪感。ああ、そう言えば、うちに猫が来たばかりのころ、構いすぎて円形脱毛症を起こさせたことがあったな……。そのせいか、うちの猫は未だに俺に懐いていない。愛玩動物系は構いすぎるとストレス感じさせちゃうからなー。戸塚に対しては気をつけよう。

「あ、えと、ぼくのことじゃなくて……」

「よくわからんけど、まぁカラオケとかゲーセンじゃねぇかな」

「どっちがいいかな？」

決めかねている戸塚に問われ、しばし黙考する。

カラオケもゲーセンもなかなかいい気晴らしになる。一人黙々と歌を入れ続け、とにかく絶唱し軽く汗をかくと結構気持ちがいい。ただ五曲も歌うと喉と精神がやられ、そこへ店員が飲み物を運んできたりしたときの気まずさと言ったらない。それと終わった後の「俺、何してるんだろ……」感がひどい。

一方のゲーセンはこれまたそれなりの気晴らし効果がある。とはいえ、格闘ゲームは古参の独壇場だし、パンピーが入っても狩られるだけだ。クイズゲーなんかは楽しく過ごせる。最近ではネット対戦がデフォルトなので全国の挑戦者とトーナメントなんてのもあるのだ。そうした中で、「ふっ、無知どもめ」と小さい声で呟きながら勝ち上がっていくのは気分がいい。あとはひたすら上海やって万里の長城制覇を目指すとかも気付くと三時間くらいたっていて最高に時間の無駄遣い。終わった後の「俺、何してるんだろ……」感も最高。

まぁ、どっちにしても最後は「俺、何してるんだろ……」に行きついてしまうのが問題だ。

カラオケとゲーセン、どっちの料理ショーばりに究極の選択を強いられているが、さすがは千葉。こんなときのための解決法がある。

「まぁ、ムー大行けばどっちもあるし」

ムー大は総合アミューズメントパークともいうべき存在であり、カラオケ、ゲーセンはもちろんのこと、ボウリングにビリヤード、居酒屋まで完備している。まぁ、盛り場だけあっていろんな人たちがいるので、行く際には充分な自衛策を講じてほしいところだ。

「そっか……じゃあムー大にしよっか」

促されるまま、俺は自転車を押し、駅のロータリーを抜けてムー大の駐輪場に自転車を止める。

エレベーターで上へあがり、まずはゲーセンを見て歩くことにした。

ホールに足を踏み入れると音の洪水に巻き込まれたみたいに一瞬にして違う世界が広がっている。煌めく電飾、立ち上る紫煙、大音響に負けない笑い声。

手前のほうにあるのはクレーンゲームコーナー。

カップルがきゃいきゃい騒ぎながらクレーンを操作しているのを見た瞬間帰りたくなってしまった。つくっしょー、不良さん、何やってんですか。こいつら狩っちゃってくださいよ、その後ぜひ警察のお世話になってお互いつぶし合ってくださいよ……。

カップルの男のほうはクレーンゲームに苦戦しているのか、店員に交渉してぬいぐるみを移動してもらっている。最近じゃ、店員が代わりに取ってくれるなんてサービスもあるらしい。

ここまでゆとり化が進んでいたとは……。

その横をすり抜けて俺と戸塚はビデオゲームコーナーへと向かった。

「わぁ、すごいね……」

戸塚が思わず声を漏らす。

俺には見慣れた光景だが、戸塚には新鮮に映るらしい。

手前に格ゲー、奥にパズルや麻雀といったテーブルゲーム系、間に挟まれてシューティング。右脇にはカードゲーム筐体。この中では特にカードを使ったアーケードが一番盛況のようだ。格ゲーと麻雀はそこそこ、あとはクイズに人がちらほらといった具合だ。油断ならないのがシューティングやパズルだ。ときどき、アホみたいなハイスコアをひたすら叩(たた)き出す幽鬼(ゆうき)のような人がいて、その人のプレイには遠巻きにギャラリーができていたりする。

「八幡(はちまん)はいつも何やってるの？」

「俺は……クイズか上海(シャンハイ)だな」

さすがに脱衣麻雀とは言えなかった。

とりあえず、二人で遊べるものならクイズが無難だろう。

俺がいつもやっているマジアカは格ゲー島の脇にある。

「戸塚、こっちだ」

周囲の音が大きいので身振りと一緒にそう言うと戸塚が頷(うなず)く。そして、俺のシャツの裾(すそ)をつまんでついてきた。ええっと……戸塚はここ初めて来たみたいだから迷わないためにはそうするしかないよな。うん、何も不自然なことはない。至って自然。スーパーナチュラル。

と、格ゲー島の横を通り過ぎようとしたとき、見覚えのあるコート姿を見かけた。偉そうに組んだ腕にはパワーリストが覗(のぞ)き、くっくっくっとわざとらしく笑うたびに、後ろで結わえたちょびちょんまげが揺れている。

そいつは対戦格闘ゲームをプレイしている人の後ろに数人で連れ立ち、時折、何事か囁(ささや)き合っては談笑していた。

「あの、八幡（はちまん）……あれって材（ざい）も」

「別人だ」

あれー？　という表情で聞いてきた戸塚（とつか）の声を遮（さえぎ）った。

確かに見覚えはある。だが、知り合いではない。

俺の知り合いはあんなふうに誰かと楽しく会話などできる人間ではない。だってあいつ友達いないし。

「そうかなぁ……材木座（ざいもくざ）くんだと思うけどなぁ……」

「あ、戸塚、名前を呼んじゃダメだ」

「ふむぅ？　我を呼ぶ声がする……。なななななんとっ！　八幡ではないかっ！」

……気づかれたか。

ぼっちの特性として「自分の名前を呼ばれることに敏感」というのがある。普段、名前を呼ばれることが少ない分、たまに呼ばれたときに超反応を示してしまうのだ。ソースは俺。驚きのあまり「ひゃ、ひゃうい！」とかとんでもないリアクションしちゃうよな。なんなら総武線乗ってて「次は、市ヶ谷（いちがや）です」ってアナウンスに思わず返事しそうになるレベル。

「まさかこんなところで会うとはな。なぜここにいる？　……ここは戦場だぞ。戦う覚悟のある者だけが来ていい場所だ」

「いや、普通に戸塚に誘われてきただけだよ」

　材木座の面倒くさい小芝居には付き合わず、流しにかかる。すると、材木座はちょっと切なそうな顔をした。可愛(かわい)くねぇよ。

「して八幡よ、何か用でもあったのか？」

「や、適当に遊びに来ただけだ」

「なぬ!?　待て。それは戸塚氏も一緒にか」

　大袈裟(おおげさ)に驚いた材木座がくわっと目を見開いて戸塚を見る。すると、戸塚はびくっとして俺の後ろに回り込んだ。

「う、うん……」

「ほほう、しばし待て」

　にやりと嫌な感じの笑みを浮かべた材木座はたたっと小走りで去っていく。どうやらさっきまで話していた人たちに別れの挨拶(あいさつ)をしにいったらしい。

　一分と経たないうちにぜぇぜぇふしゅるるるーと息を切らして戻ってきた。

「さて、では参ろうか」

「いや、まったく誘ってないんだが……」

　いつの間にか俺たちと行動を共にすることを決定していた材木座は俺の緩やかな抗議になど耳を貸す余裕もないのか、ぜぇはぁと肩で息をし、袖口(そでぐち)で汗を拭(ぬぐ)う。

「なぁ、材木座、さっきのあれ、友達か？」

「否。あるかな勢だ」

「いや、あの人の通り名とか聞いてねぇから……」

「もふ？　通り名ではないぞ。きゃつの通り名はアッシュ・THE・ハウンドドッグだ」

「だせぇ……」

「『鉄剣』で相手をフルボッコにした挙げ句、キレられて台パン・台キック・灰皿ソニックを食らったのだが、その灰皿を見事にキャッチして余計に反感を買い、ボコボコにされたところから来ている。ムー大では古参だ。本名は知らん。みんなアッシュさんと呼ぶからな」

「あ、そう……」

すげぇ。たぶん今までで一番いらない情報を手に入れてしまった。アッシュさんの由来とか使う機会が何一つ思いつかない。

「じゃあ、あるかな勢って何？」

話を聞いていた戸塚が、俺が抱いたのと同じ疑問を口にする。というか、専門用語をこっちが理解していること前提で話すよな、材木座は。まあ、別に詳しく知りたいわけでもないから流すけど。

「まぁ、同じゲームをやっている連中ということだな。タイトルにも使うし、地域にも使う。用例としては『あるかな勢の中でもとりわけ千葉勢はゴミ』といった感じだ」

千葉勢、ゴミなのかよ……。俺は好きだぞ千葉勢。主に千葉の部分が。

「ふーん、で、友達なのか？」

「否、あるかな勢だ」

「だからそれ友達ってことじゃねぇのかよ……」

材木座と話していると疲れる。日本人同士で日本語通じないってどういうことだよ。で、あるかな勢って何語？　あるかな勢の勢は勢力から来てるんだろうか。まぁ集団を指す言葉ってことでいいんだろうな。

俺に問われてから材木座は少し考え込んだ。

「む、どうだろうな。会えば話もするし、メッセでもやりとりはある。一緒に県外遠征に行ったりもするが……。だが、本名も知らぬし、何をやっている人かも知らんぞ。ゲームやアニメの話しかせんからな。……お、おい、我とアッシュさんは友達なのか？」

「俺が聞いてんだよ……。質問に質問で返すなって学校で習わなかったのかよ」

「ぬう、友達というよりは、格ゲー仲間というのがしっくりくるな。我にとっては友達という言葉よりよほど信用が置ける」

「格ゲー仲間か……、わかりやすくていいな。そういうの」

友達という言葉の曖昧さを排したその表現はちょっと気に入った。

世の中には定義ではなく、機能で語ったほうがわかりやすいことが多々ある。例えば結婚だって愛だの恋だので語るより、互助関係とかATMとか世間体とか子孫残したいとか言ってくれたほうが理解しやすい。ＡＴＭってひでぇな、しかし。

「であろう。つまり我と八幡も体育ペア勢ということになるな」

「え、そうなんの？」

なんか壮絶にかっこ悪い言い方でちょっと嫌だ。つまり、総武高勢の中でもとりわけ体育ペア勢はゴミってことだな。

けれど、おかげで俺と材木座が友達じゃないことが明確に宣言されたので良かった。体育ペア勢なら仕方ない。

「じゃあ、ぼくも八幡と体育でペア組んだから体育ペア勢だね」

「え、そ、そうなんの……？」

戸塚とは友達じゃなかったのか……。ショック。

だがちょっと待ってほしい。友達じゃないということは恋人の可能性もまだ残っているということだ。よし！　いや、なんもよくない。

「でも、ゲームを通じて知り合いが増えるのってなんだか凄いね」

「む。そ、そうか？」

戸塚の言葉に材木座が動揺しながら答えた。

「ああ、そういうのは確かに凄いと思うぜ。もっと孤独なもんだと思ってたけどな」

「いや、そんなことはないぞ。格ゲーだと『激闘』というチーム戦の全国大会もあってな。これがなかなか熱い。かつての大会では病に倒れたゲーム仲間のためにと戦士が集い優勝するという出来事もあった。あれには会場中が沸き返り、さしもの我も涙したほどだ」

「甲子園みてぇなもんか」

「うむ、まあそうだな」

ふーん……。こいつも案外ちゃんとコミュニティに属してんだな。

「わぁ、そういうの素敵だな……」

戸塚がぱんと手を打って褒めると、材木座は俄然調子に乗り始める。自分の得意分野になるとやたら話をしてしまうのは俺たちぼっちの悪い癖だ。

「さもあろう！　ゲームというのは良いものだぞ、格闘ゲームに限らずな。まず、仲間が集ってゲームを作り、それを楽しむ人々がさらに集う、そうした者たちの中から次代のゲームを作るものが現れる。その円環連鎖は美しかろう？　いずれは我もその作り手となる所存だ」

「え？　材木座君、ゲーム作る人になるの？　凄いね！」

「う、うむ！　モハハハハハハ！」

……あ、あれー？

「お前、ラノベ作家の夢はどうしたんだよ……」

「ああ、あれ。やめた」

あっさりと何の躊躇もなく言いきられてしまった。

「なんでまた急に……」

「むぅ、やはりラノべ作家は自由業だからな。保障も何もないし何年も続けられるとも限らぬ。何より書かねば金が入ってこないのでは大変であろう。その点、ゲーム会社なら会社にいるだけで給料が入ってくるからな！」

「お前、気持ちいいくらいクズだな……」

「かっ！　八幡には言われたくないがな！」

そりゃそうだ。働きたくないから専業主夫と似たり寄ったりだろう。

「でも、お前ゲーム作るスキルとかないだろ」

「うむ。なのでゲームシナリオライターになる。これなら我のアイデアや文章力が存分に生かされるからな。安定した生活を送り、会社の金で好きなものを作るのだ！」

「そ、そうか……頑張れよ……」

もうどうでもよくなってきた。いっときとはいえ、こいつの将来の夢について真剣に考えてしまった自分が馬鹿みたいだ。

「それより八幡、お主はここへ遊びに来たのだろう。ここは我のホーム故、案内してやろう。何かやりたいものはあるか？」

ここでならイニシアチブが取れると踏んだのか、材木座がやけにやる気を出している。案内もなにも見渡せばだいたいどこに何があるかはわかるので壮絶に余計なお世話だった。

「あ、ぼく、プリクラ撮ってみたい」

俺と同じく店内を見渡していた戸塚が遥か左後方のプリクラコーナーを指さしていた。

「八幡、プリクラ、撮らない？」

「なんでだよ……。だいたい、これ女子・カップル専用ゾーンって書いてあんじゃん」

プリクラコーナーは男子禁制になっていた。女子かカップルの場合のみ入場できるらしい。なんという差別。現代のアパルトヘイト。国連は急いで対処すべき。

一方こちらは男子が三名である。何一つ条件を満たしていない。

「そ、そうだけど……、こっそり。だめ、かな？」

「いや、別にだめってことはねぇけど……」

というか、こういうふうにお願いされて断ることのほうが難しい。

「もははは、案ずるな。八幡。我のホームと言っただろう。我なら顔パスだ」

「え、そんなのできんのかよ。お前すげぇな。行きつけって感じで超頼れるんですけど」

ダテにゲーセン通いをしているわけではないらしい。店員とも顔なじみなんてちょっとかっこいいじゃねぇか。さすが材木座さんだぜ。

「任せておけ。ついてこい」

そう言いきった材木座を先頭にしてプリクラコーナーへと進む。威風堂々たる出で立ちにはそう言いきった自信が満ち溢れていて、なんの不安も感じさせない。それはまさに王者の風格と呼ぶにふさわしい威容だった。さすが材木座さんだぜ。

そして、プリクラコーナー前のカウンターに差しかかった。

「ちょ何してんすかー。男オンリーで入ったらやばいっすよー。お客さん」

「ぬっ、あ、え、す、すいません……」

九割方の予想通り、軽いノリの店員に思いっきり制止されていた。さすが材木座さんだぜ。

「やっぱりな……」

「……あはは、しょうがないね」

想定の範囲内だったので別段驚くこともなく、俺と戸塚はお互いに顔を見合わせた。

だが、次の瞬間奇跡は起こる。

「さーせんね、邪魔しちゃって。あ、いいっすよ通って」

店員のお兄さんは軽いノリのまま、材木座をぐいとコーナー外へ追いやりながら俺たちに道を開けてくれた。材木座は首の後ろを掴まれた猫のように無抵抗で運び去られていく。

「……な、なんでだろ?」

戸塚はぱちくりと大きな瞳を瞬かせているが理由は間違いなく戸塚の容姿にある。

「……さぁな。とりあえず入れてくれたんだから行こうぜ」

「う、うん……」

戸塚は釈然としない表情ながらもついてくる。

コーナーの中には多種多様な機種がある。正直、どれもこれもキラキラデコデコしていて美だの華だの蝶だの麗だのとなんだか新宿歌舞伎町みたいな空気を醸(かも)し出していた。

しかも、サンプル画像なのだろうか。モデルっぽい人が撮ったプリクラがカーテンやら筐体(きょうたい)やらにプリントされているが、全員同じ顔をしていて、これが本当に怖い。

なんでこのギャルたちはみんな同じ顔なの？　髪型と服装でしか見分けつかないんだけど。リアルハンコ絵なの？

「うわぁ……ビッチくせぇ……」

これに比べれば由比ヶ浜(ゆいがはま)どころかあの三浦(みうら)ですら清楚(せいそ)に感じる。これが「あなたの知らない世界」ってやつか。マジ怖い。

「うーん、これにしようかなぁ。八幡(はちまん)、これでいい？」

「……ああ、いいよ」

正直、なんでもよくなっていた。

筐体の中に入ると、戸塚は説明書きを一生懸命読み始める。

「うんっ、と。背景を選んで……、うん、これでいいみたい」

言って俺の手を引き数歩下がった。

「お、お？　なに、始まんの？　これどうすりゃいうおっ！　まぶしっ！」

いきなりフラッシュが焚(た)かれた。なんだよ、太陽拳って天津飯(てんしんはん)だけの技じゃねぇのかよ。悟(ご)

空(くう)もプリクラも使えんの？

『もういっかいいくよ〜』

間の抜けた合成音声の後、フラッシュが数回焚(た)かれる。技を借りるぜ、天津飯(てんしんはん)！

『しゅ〜りょ〜！　そとにでてらくがきしてね！』

「落書きかぁ……。どんなの書けばいいのかなぁ」

カーテンをめくって今度は落書き用のブースへ移動する。画面には落書き可能時間がカウントダウンされていた。

「写真を確認してっと、う、うわぁ！　し、心霊写真!?」

画面を開いた戸塚(とつか)が驚きの余り俺の腕をぐっと摑(つか)んだ。おお、び、びっくりしたー。

高まった鼓動を抑えながら、その心霊写真とやらをよく見てみると、確かに恨めしそうな顔をした男が半分見切れている。

というか材木座(ざいもくざ)だった。

ブースのカーテンを開けて捜してみると下にしゃがんでいる。

「あ、なんだ。材木座くんか……よかったぁ」

「お前、何してんだよ……」

「ふむん、見つからぬよう匍匐前進(ほふくぜんしん)で入ってきたのだ。そしたら戸塚氏と仲睦(なかむつ)まじくしておったからな、我(われ)が映りこむことで台無しにしてやろうと思ったのだ！　どうだ！　我のおかげでお主の思い出は残念なものに変わったぞ！」

「お前、自分で言ってて悲しくならない？」

「……ふっ、その程度の悲しみ、修学旅行後の写真販売のときに乗り越えておるわ。なんせ我が映っているという理由だけで女子が泣いていたからな」

うわあ、こいつもすっごい地雷持ってるなぁ……。

「あー。その、なんだ。ご、ごめんな。材木座」

「なに、気にするな」

そう言いながらも材木座は目尻に浮いた涙をそっと拭う。材木座は悪くないんだけどな。そもそも写真販売が悪いんだ。

「でもあの写真販売制度も辛いことばっかりだしやめたほうがいいよな。好きな女子の写真をひそかに買ってそれが周囲にばれてキモがられたりとかするし」

「……さ、さすがの我もそれは引くぞ」

「は、八幡……こ、これからたくさん思い出作ろうね。ぼくもなるべく一緒にいられるようにするから」

もの凄い勢いで戸塚に慰められていた。そ、そんなに変かな……中学生なら当たり前だと思うんだけどな……。

とかなんとかやっているうちに落書き時間が過ぎてしまい、プリントされていた。

「肌、白いね……」

「補正すげぇなこれ……」

「うむ。というか、キラキラしてる八幡がおぞましいな……。これだけキラキラしているのに目だけが濁っているとは……」

まぁ、あんだけフラッシュ焚きゃあ白く飛ぶのは当たり前だろと言わんばかりの出来栄えだった。見切れている材木座にすら美白効果が出ている。戸塚に至ってはそこらの美少女では及びもつかないほどに美少女ぶりを発揮していた。

「じゃあ、はい。これ八幡の分」

手際よく三つに切り分けてくれた戸塚がプリクラを手渡してきた。

「それと、材木座くんのも」

「ほ、ほふぅ？　わ、我も貰っていいのか？」

「え？　うん」

プリクラ以上にキラキラした笑顔を浮かべる戸塚。対して材木座はうるっとしていた。

「ふ、ふむ。で、では頂いておこうか」

材木座は大事そうに受け取って、心なしか嬉しそうに眺める。

俺も同じように手の中にあるプリクラに目をやる。

落書きタイムにぎりぎり間に合ったのか、三枚だけ文字が入っていた。

うち一枚には戸塚のちょっと丸っこい字で「体育ペア勢」と書かれている。気に入ったんだな、その名称……。

もう一枚には「なかよし！」

「むぅ。別に我と八幡は仲良しではないのだが……」

「だな、仲良しではないな」

「そうかなぁ？　仲良しだと思うけどなぁ」

戸塚は不思議そうに首を捻る。

「いや、どっちかというと俺、りぼん派だし」

「左様。こどちゃは特に良かった……」

「だよな、原作最後のほうぐっとくるよな」

「はぁ？　アニメこそ秀逸だったではないか」

俺と材木座は互いに舌打ちをして真正面から向かい合う。

「ああ？」

「お？　お？」

メンチを切り合いながら臨戦態勢に入っていると、戸塚がくすっと笑う。

「二人は本当に仲良いね」

「はっ、どこが……」

「ぼふん、まったくだ」

「まぁ、あれだ。戸塚の超可愛い笑顔に免じて許してやる。お前、月曜日原作持ってくから読んで反省文書いてこい」

「ふむ。では我もＤＶＤを持っていくからせいぜいレポートの準備をしておくことだ」

ふんっ、と材木座は顔を逸らすと手元のプリクラを財布にしまう。

「まったく、八幡が騒がなければ落書きがちゃんとできたであろうに。二枚しかできなかったではないか。罪滅ぼしに来月からの体育はバレーを選べよ。でないと、我が一人になる」

「いや、走りたくねぇし最初からバレー選ぶつもりだけどよ。あ？　二枚？」

そうだっけ？　と思って確認しようとしたらくいくいっとシャツの袖口を引っ張られた。

振り向くと、戸塚が「しーっ」と口元に指を当てている。

手の中だけでそっと開くと、落書きされた残りの一枚には「はちまん　さいか」と書かれていてちょっと恥ずかしい。っていうか、やばい。今絶対にやけてる。

「あ、もうこんな時間だ。そろそろ……」

「ああ、スクールか」

そうだった。戸塚はスクールまでの暇つぶしでここに来てたんだった。全然戸塚の気晴らしになっていないことを考えると少し申し訳ない。

「じゃあ、ぼくそろそろ行くね。八幡も元気になったみたいだし」

なかよし！

「は？」

「なんか、最近元気なかったから。気分転換」

「戸塚……」

そう言えば今朝、小町にもそんなことを言われた気がする。うちの妹も大概変だからあまり気にしていなかったが常識人の戸塚に言われるとさすがに気になる。

「何があったかぼくにはよくわかんないけど……、八幡はいつも通りが一番だよ」

戸塚は携帯で時計を確認すると「じゃ、また遊ぼうね！」と言い、足早に駆けだした。見えなくなる直前、振り返って大きく手を振ってくる。俺も高く腕を上げてそれに応えた。

「ふむ。戸塚氏は優しいな。八幡に優しくする価値などないのに……」

「あ？　なに？　お前まだいたの？　っつーか、お前に言われたくねぇんだけど」

「ぼふん、さすがは我の友、戸塚氏よ。あっぱれ」

「……お前、戸塚の友達のつもりなの？」

「え、ち、違うのかな……」

「知らねぇよ。そんなあからさまに素で動揺すんなよ」

こいつ、最近キャラブレ激しくねぇか。大丈夫か。

「あ、ちょ、何やってんすかー、だめっすよ、入っちゃー」

軽いノリの店員が出す間の抜けた声が聞こえた。

「む、まずい。我は離脱するぞ！　さらだばー！」

「それ野菜食い放題じゃねぇか……」

頭の悪いやりとりをしてから俺と材木座はその場から逃げ出す。材木座が店員に回り込まれているのが視界の隅で見えた。

戸塚が言ってくれたように考え込んだり悩んだりは比企谷八幡らしくない。俺のスタイルはいつだって、「悩むくらいなら諦める」だ。すぱっと、何事もなかったように振る舞えばいい。何かあったときだけ態度を変えるなんて、不誠実でいけないいやな。

自転車に乗る前に、俺は手の中にあったプリクラをそっと財布にしまった。額とか買って飾っておこう。

さてさて、お兄ちゃんの高校生活は順調かなぁ〜。

ちょっと探りを入れてみよっと……

お兄ちゃん、
学校楽しい?

あーうん、お母さんの言う『……学校、楽しい?』とは意味違うから安心していいよ。

聞き方が悪かったね。

や、雪乃さんや結衣さんいるし、部活楽しそうだなーとか雪乃さんとどんな話してるのかなーと思って。

雪乃さんとどんな感じ?

うまくやってる?


あ、うん。だいたいわかった。

てかさ、お兄ちゃんは雪乃さんのことどう思ってるの?


ん、んー?

小町あんまパソコン使わないから……

あー、はいはい。あれ遠すぎるよね

総武線各駅は東京駅行かないしねー。

……なんの話してたっけ?

あん？ 急になんだよ……はっ！ た、楽しいぞ！
ぜ、ぜんぜんいじめられてなんかないろ！

雪ノ下雪乃について

ぜ、ぜんぜんいじめられてなんかないろ！

そうだな……。
例えるなら、デザイン性も機能性も高いハイスペックPC、ただしキーボードとマウスがない、みたいな感じか

わかりづらいか？ 簡単にいうとだな、東京に結構早くつく京葉線快速だけど、東京駅の他のホームが遠すぎる、みたいな感じだな

総武線快速も遠いんだよなー。
階段超のぼるし、なのに地下鉄じゃないんだぜ

3

雪ノ下雪乃はやっぱり猫が好き。

一週間のうちで最強の曜日は土曜日だ。その圧倒的優位が揺らぐことはないだろう。休日でありながら次の日も休みだなんて、超サイヤ人のバーゲンセールみたいなもんだ。日曜日は「明日からまた学校か……」と思うと鬱になるからだめだ。

俺も土曜日を愛するあまり、将来は毎日が土曜日の生活を送りたいと思う。

起き抜けの頭でぼーっと朝刊を流し読む。今日もコボちゃんは秀逸だった。むしろコボちゃんしか読んでない。

新聞、というかコボちゃんを読んだらいつものチラシチェックである。

安いものを見つけたら、赤丸をつけて小町に渡す。小町がそれをお買い物メモ帳に書き留めていく。買いに行くのは小町か母親だ。

そして、そのチラシの中にひときわ輝くフォントを見出した。その輝きといったらフォントどころかフォトンといってもいいくらいだった。ミツコじゃないぞ、コウシな。

「こ、小町！　これ見ろこれ！　東京わんにゃんショーが今年もやってくるぞ！」

思わず、がばっと摑み出して高々と掲げてしまった。どっかのライオンのミュージカルのワ

ンシーンみたいだ。思わずそれっぽい雄叫びもあげちゃう。うららららー！　それジェロニモじゃね。

「うっそ！　ほんとにっ！　やったぁ！　お兄ちゃんよくぞ見つけ出した！」

「ははは っ！　もっと褒め称えろ！」

「きゃーステキー！　お兄ちゃんステキー！」

「……うるさい、バカ兄妹。くたばれ」

母親が泥人形テイストで寝室から這い出てきて、呪いをぶちまけた。ボサ髪でずり落ちたメガネ、その下には消えそうにない隈を刻みつけている。

「す、すいません……」

俺が謝ると、母親はうむと小さく頷いて、寝室へと戻っていく。また長き眠りにつくつもりらしい。……キャリアウーマンって大変だなぁ。俺も将来、嫁さんに養ってもらうときは充分にいたわってあげよう。それがヒモを超えた超ヒモというやつである。

寝室の扉に手をかけたところで母親がくるりと振り返った。

「あんた。出かけんのはいいけど、車に気をつけんのよ。蒸し暑くて車のほうも苛立ってるから事故起きやすいんだから。小町と自転車の二人乗りなんてすんじゃないよ」

「わかってるよ。小町を危ない目に遭わせんなっつーんだろ」

両親の小町への愛情はとても深い。女の子だからというのもあるが、家事をよくやるわ、要領よく物事はこなすわ、しかも可愛いわで小町は二人にとって宝物のような存在だ。

それに引き替え長男のほうはといえば、そうでもないらしい。今だって母親は俺の顔を見て深いため息を吐いている。

「はぁ……バカだね、あんたの心配してんの」

「……えっ」

不覚にもうるっと来た。まさかそんなふうに心配してもらえてたなんて……。朝、起こしてもらえないし、弁当代っていって五〇〇円玉渡されるだけだし、たまに近所で売ってる変なセンスのシャツとか俺に買ってくるし、てっきり愛されてねぇんだと思ってたぜ。それにしても母親が買ってくる服のセンスってなんでああも残念なんだろう。もはや嫌がらせの領域。

しかし、……親子っていいものだなぁ。感動のあまり目頭が熱くなる。

「か、母ちゃん……」

「本当、心配だわ。小町に怪我させたら、あんた、お父さんに殺されるよ」

「お、おやじ……」

不覚にもいらっと来た。

その親父はといえば、今なお惰眠を貪り、夢の世界にいるはずだ。

本当にこの父親ときたらろくな存在ではない。小町を溺愛するあまり俺を半ば敵視するのはまだわかる。

が、やれ美人局に気をつけろだの、逆ナンされたら絵を買わされるだの、先物取引はだいたい詐欺だの、働いたら負けだのと俺に対して余計なことばかり教えてくる。しかも、そのほとんどが親父の経験則から来ているから無視できないのがさらにたちが悪い。

出かけるとき、ドアを思いっきり閉めて安眠を妨害してやろう。

「バスで行くからそんな心配いらないよー。あ、だからバス代ちょうだい！」

小町はててててっと母親のもとへ向かう。

「はいはい、往復でいくらだっけ？」

「えっと……」

小町が指で数えはじめる。おい、片道一五〇円で往復三〇〇円だぞ。指使う要素ないだろ。

「三〇〇円だよ」

結局、小町が計算するよりも早く、俺が答えてしまう。すると、母親ははいよと答えて財布から小銭を取り出した。

「じゃあ、はい。三〇〇円」

「ありがとー！」

「あ、あの、お母さん。ぼくも、行くんですけど……」

まるでフネに話しかけるマスオさんのように若干遠慮気味になってしまった。

「あら、あんたの分もいるの？」

今気づいた、みたいな反応をしながら母親が財布を再び取り出す。

「あ、お昼外で食べるからお昼代もちょーだい！」

「ええ？　しょうがないねぇ……」

便乗した小町のお願いに流される形で母親は札を二枚ほど取り出して小町に渡す。

おお、小町すげぇな。でも、俺のいつもの昼代が五〇〇円なのになぜ小町がお願いすると一〇〇〇円換算になるんですか、お母さん。

「ありがと！　んじゃ、行こ。お兄ちゃん」

「おお」

「はい、いってらっしゃい」

気だるそうに俺たちを送り出すと、母親はまた寝室へと消える。おやすみ、母さん。

そして、俺は家を出るとき全身の筋力を振り絞り、ドアを思いっきり閉めた。

この騒音、君に届け！　おはよう、親父！

×　×　×

家から「東京わんにゃんショー」の会場である幕張メッセまではバスで一五分ほどだ。

東京わんにゃんショーなのに千葉でやっているから注意が必要である。間違えて東京ビッグサイトとか行きかねない。

会場はそこそこの数の人が入っていた。なかにはペットを連れてきている人もいる。それなりに盛況なので、どちらからともなく手を握る。別に仲良しデートなわけではなく、昔から子供二人で出かけることが多かったのでその名残だ。

小町は鼻歌交じりに俺の手をぶんぶん振り回す。脱臼しそう。

今日の小町は服装のせいかいつもより明るく元気に見えた。

ボーダーのタンクトップに肩口が大きく開いた薄手でピンクのカットソーを合わせ、ややローライズ気味な腿より上丈のショートパンツ。そして、屈託のない弾けるような一級品の笑顔。どこに出しても恥ずかしくない自慢の妹だ。どこにも出さないけど。

さて、この東京わんにゃんショーだが、要するに、犬や猫といったペットの展示即売会だ。その一方でちょっと珍しい動物の展示もあったりしてなかなか楽しい。これが入場無料なのだから、恐るべきイベントだ。やはり千葉最高。

会場に入ってすぐに小町がはしゃぎながら指さした。

「わー、お兄ちゃん！　ペンギン！　ペンギンがたくさん歩いてるよ！　可愛いー！」

「ああ、そういやペンギンの語源ってラテン語で肥満って意味らしいぞ。そう考えるとあれだな、メタボサラリーマンが営業で外回りしてるみたいだよな」

「わ、わー。急に可愛く思えなくなってきた……」

げんなりとした表情で腕を下ろす小町。恨みがましい視線で俺を見てくる。

「お兄ちゃんの無駄知識のおかげでこれからペンギン見るたびに肥満の二文字が頭に浮かぶようになったよ……」

小町はぶつくさ文句を言うが、俺に言われても困る。最初にペンギンと名付けた奴に言ってもらいたい。

「お兄ちゃんさー、デートのときそういうこと言っちゃだめだよ？　女の子が『可愛いねー』って言ったら『そうだねー、でも俺の彼女のほうが可愛いけどねー』って返さないと」

「……頭悪っ」

そんな薄ら寒い会話をされたら南極住まいのペンギンさんでも風邪引いちゃうと思うぜ。

「いいのいいの。別にこっちだって本気で言ってるわけじゃないから。可愛いって言ってるワタシ可愛いアピールだから」

「その計算、可愛くねぇなぁ……」

こういう犬とか猫とかペンギンとかがいるほのぼの空間でしていい話じゃないだろ、これ。

「余計なこと言ったお返し！　それよりほらほら、早く見て回ろうよ」

そう言って小町は俺の手を引っ張って駆けだす。

「ちょお前、急に走んな、転ぶから」

どうやらこのあたりは鳥ゾーンであるらしく、インコだのオウムだのといった派手派手しい極彩色の世界が広がっていた。黄色に赤に緑に……どれもこれも原色をこれでもかと塗りつけたような出で立ちは毒々しくも目に鮮やかだ。翼を広げたときに舞い上がった羽がライトに照らされて輝きを放つ。

だが、その鮮烈な色の洪水の中で、もっとも艶やかな光を放っていたのは、黒髪だった。

東京わんにゃんショーのパンフレットを片手にキョロキョロするたび、二つに分けて結わえた髪が揺れている。

「あれって……雪乃さん？」

小町も気付いたらしい。

というか、あれだけ目立つ奴もそうそういないので、結構な注目を集めていた。

軽く羽織った四分丈程度のクリーム色したカーディガン、ふんわりとした清楚なワンピースは胸よりやや下あたりがリボンで絞られ、いつもより柔らかな印象を与える。歩くたび、素足に履かれたシンプルなストラップサンダルが涼しげで軽やかな音を立てた。

だが、本人は周りの視線などまるで気にしていないようで、部室にいるときと同じ、冷めた表情のまま何かを探している。

雪ノ下はホールの表示番号を確認し、パンフレットに視線を落とす。さらに、周囲を見渡してからまたパンフレットを見る。そして、何かを諦めるようにふっと短いため息を吐いた。

なんだ、あいつ。迷子か。

って。

雪ノ下は何か決心したようにぱたっとパンフレットを閉じると颯爽と歩き始めた、壁に向かって。

「おい、そっち壁しかねぇぞ」

見かねてつい声をかけてしまう。すると、警戒心剝き出しの雪ノ下に睨まれた。怖ぇ！

が、声をかけたのが俺だとわかると、少し不思議そうな顔をしてからこちらへ歩いてくる。

「あら、珍しい動物がいるのね」

「出会い頭にホモ・サピエンス・サピエンス呼ばわりすんのやめてくんない。俺の人間性が否定されちゃってるだろ」

「間違ってはいないでしょう？」

「正しいにも程があんだろ……」

第一声からして霊長類ヒト科扱いである。生物学的には正しいことこの上ないが挨拶としては最低の部類だった。

「なんでお前壁に向かって歩いてんの？」

「……迷ったのよ」

雪ノ下は不覚……という表情で今にも切腹しそうなくらい苦々しげに話す。視線は忌々しげに再び開いたパンフレットに注がれていた。

「いや、迷うほど広くないんだけど、ここ……」

方向オンチさんなのかな……。まぁ、地図があっても迷うときはあるからな。特に同じようなブロックが続く施設の場合は地図があまり役に立たないこともある。コミケ会場とか、新宿駅地下とか。あと、梅田駅は自分で方眼紙持ってマッピングしないと遭難するレベル。

「雪乃さん、こんにちは！」

「あら、小町さんも一緒なのね。こんにちは」

「にしても、意外なところにいるな。何か見に来たのか？」

「……ええ、まぁ、そのいろいろと」

猫だろうな……。猫コーナーにでっかく赤丸つけてあるし……。

雪ノ下は俺の視線に気づくと、何事もなかったかのようにパンフレットを静かに折り畳む。

「ひ、ひきゃ……んんっ、比企谷くんは、どうしてここへ？」

平静を装ったようだが、噛みまくりだ。思いっきり馬鹿にしてやりたい衝動を堪えながら、俺も気付かない振りをする。だって言ったら五倍くらいの勢いで言い返されるんだもん……。

「俺は妹と毎年来てるんだよ」

「うちの猫と会ったのもここなんですよー」

小町が言うようにうちの猫、カマクラとはここで出会ったのが最初だ。生意気にも奴は血統書がついているのだ。小町が飼いたいと言ったので即決だった。代金を払うためだけに呼び出された親父を哀れに思ったものである。

　雪ノ下は俺と小町を交互に見てから、透明な笑顔を浮かべた。まただ。以前にもこんな表情をしていたことがある。

「……相変わらず仲がいいのね」

「別に、年中行事みたいなもんだよ」

「そう。……じゃあ」

「おう、じゃあな」

　お互い、深入りを避けるようにして別れの言葉を口にした。

「ちょい待ち、ちょい待ちですよ。雪乃さん。せっかく会ったんですし、小町と一緒に回りましょうよ！」

　去りかけた雪ノ下の裾を小町がくいくい引く。

「兄と回っててもテンション下がること言ってくるだけですし。雪乃さんと一緒のほうが小町楽しいですし」

「そ、そう？」

　ぐいぐい前のめりで迫ってくる小町に雪ノ下が半歩退きながら聞き返す。すると小町はぶんぶん首を振って答えた。

「そうですそうです！　ぜひぜひ！」

「邪魔じゃないかしら？　…………比企谷くんが」

　当たり前のように俺が外されていた。

「ちょ、ばっかお前何言っちゃってんの？　俺、集団行動だとだいたい黙ってるから全然邪魔にならねぇよ？」

「違う意味で場に溶け込めるのね……。ある意味凄い才能だわ……」

　雪ノ下は驚愕とも呆れともつかない表情をする。まぁ、実際は黙ってる奴がグループ内にひっそりといるとみんな凄く気を遣うんだけどな。

「……わかったわ、一緒に回りましょう。何か見たいものはある？　と、特にないなら……」

「そうですねー……せっかくですし、普段見れないものにしましょう！」

　小町が閃いたかのようにぽんと手を打った。

「……お前は空気読んでんのか読んでないのか全然わかんないな」

「え？　何が？」

　きょとんとした表情で小町は首を傾げる。

「……それでいいわ。はぁ……」

　雪ノ下が諦めたようにため息を吐いた。まぁ、そのなんだ。俺の妹がごめんなさい。

　珍しい動物、とはいったものの、さすがにスペースが限られているのであまり大型のものはいない。そうした状況だと鳥ゾーンはなかなかの充実具合だった。たぶん、稀少度のわりにはスペースを食わないからだろう。

ド派手な南国系のブースを外れると、今度はやけにかっこいいディスプレイの場所に出た。仰々しい金属の手すりで区切られたそこには鋭い嘴、研ぎ澄まされた爪、そして頑強な羽毛を備えた雄々しい姿がある。

「み、見ろ！　小町！　鷲だ鷹だ隼だ！　いいなー飼いたいなー」

かっこいい……。思わず俺は足を止めて手すりに乗り出してしまう。一度でも中二病に罹患したものならこの荘厳さに惹かれないはずがない。たぶん、米軍とか超中二だぜ。

だが、そのかっこよさが小町には理解できないらしく、ぶーたれていた。

「えー可愛くないー、中二くさいー」

「おい、ばっかお前、何言っちゃってんだよ、可愛いだろ、あの首捻るところとか、なぁ？」

説得するつもりで振り返ったのだが、小町はさっさと次に進んでいた。ひどい。

「可愛くはないわ。……でも、勇壮で美しいとは思う」

薄情な妹の代わりに答えてくれたのは意外なことに雪ノ下だった。言っていることに嘘はないようで、手すりに触れ、俺の横に立つ雪ノ下の視線は猛禽類にしっかりと注がれていた。

「おお！　お前にもわかるのか、あのかっこよさが！　中二心をくすぐられるよな！」

「……それはわからないわ」

ぬう、おなごにはわからぬか…。と、あぶねー。うっかり材木座みたいになってしまった。

中二病　一生治らぬ　心の病　（字余り）

八幡、心の一句。ちなみに季語は中二病。中二病は青い春の季語だ。

×　×　×

鳥ゾーンを抜けて、小動物ゾーンに入る。

ここはハムスターだのウサギだのフェレットだのといったペットを集めたゾーンだ。いかにも小町が食いつきそうな場所で『ふれあいコーナー』で「はーん」だの「ひゃーん」だの「わーん」だの騒いで一向に動こうとしない。

一方の雪ノ下もこりこりもふもふしてみるのだが、ひとしきり触ると首を傾げる。どうやら求めていた質感とはちょっと違うらしい。意外にこだわりがあるんだな……。

ちなみに俺が近づくと小動物はちょこまか逃げる。……まさかここでも嫌われるなんて。

「小町、次行こうぜ……」

「ひゃー、踏みそうで可愛いー！　え、ああ。お兄ちゃん先行っていいよ。小町、もうちょっと遊んでく」

「そうか……」

可愛いと思う理由がまったく可愛くないんだけど大丈夫か、こいつ。

小町から許可をもらったので先に進むことにした。

確かこの先には犬ゾーンがあり、その次が猫ゾーンなはずだ。

「じゃあ、雪ノ下。次の次が猫ゾーンだから。悪いけど小町のこと見ててくれ」

「それは別に構わないのだけれど、小町さんももうそんな年ではないでしょう。過保護すぎるのではなくて？」

「違う。踏まないように監視しててくれってこと」

「踏まないよー。あ、雪乃さんも猫見てきていいですよ？」

「そ、そう？　で、ではせっかくだし……」

雪ノ下は言いながら早くも立ち上がる。お前、どんだけ猫見たいんだよ。

「では、行きましょう」

そして、俺のほうはまったく気にかけず、無人の野を行くが如く進んでいく。

が、犬ゾーンの文字が視界に入った瞬間、ぴくっと反応した。

「どうかしたか？」

「いえ……」

雪ノ下は歩調を緩めるとそのままゆっくり俺の背後に回り込み、先に立たせる。しまった、背後を取られた！　やられる！　と思ったが、別に攻撃を加えられる気配はない。

——ああ、犬か。こいつ、あんま得意じゃないんだったっけ。

「一応言っておくが、ここ子犬ばっかりだぞ」

このイベントは展示即売会の側面もあるので、特に犬猫系の身近なペットは子犬や子猫が集められている。悲しいけど、これ商売なのよね。

俺の言葉がどれだけ有効だったかはわからないが、雪ノ下は視線を逸らす。

「子犬のほうがちょっと……。い、一応言っておくけれど、別に犬が苦手なわけではないのよ？　その、……あまり、得意ではない、というか」

「それ、世間では苦手っていうんだけどな」

「それくらい誤差の範囲内よ」

そうですか……。まぁ、本人がいいって言うならいいや。

「比企谷くんは……犬派？」

「無派閥だ。派閥とか入らないって決めてるんだよ」

真の強者は群れたりしない。ひとりぼっちってやつはいつだってこの世界全てと対立しているようなものだ。俺VS.世界とかまるでセガールである。セガール的に考えて俺マジセガール。

が、雪ノ下が賛同してくれる様子は一切ない。

「入れてもらえない、の間違いではなくて？」

「だいたい合ってる。もうそれでいいから行こうぜ」

本当にだいたい合ってるので反論のしようがなかった。雪ノ下と言い争って得られるのは傷とか火傷とかだけなのでさくっと切り上げて先を目指すことにした。

歩き出すと、雪ノ下が俺の後ろでぼそっと呟く。

「てっきり、あなたは犬派だと思っていたけれど……」

「はぁ？　なんで？」

「……あんなに必死だったからよ」

振り返って尋ねたが、雪ノ下の答えは要領を得ない。

俺が必死になったところを雪ノ下に見られたところなんてあっただろうか？　……思い当たるのは一つしかない。たぶん、あれだ。

——戸塚のテニス勝負のときだ。

確かにあのとき俺は必死だった。戸塚のために頑張った。いや、だって可愛いし。あのときのぷるぷるしてた戸塚はチワワっぽくて犬系だったな、確かに。

だから、正しくは戸塚派ということになるのだろう。俺、戸塚のこと好きすぎじゃね。

まいったなーとか思いつつ、頭を掻いていると雪ノ下がちょんちょんと肩を押す。

「早く進んでもらえるかしら？」

「あ、ああ」

促されて、「わんわんゾーン」と書かれたチープなゲートを潜り抜けた。

そこはペットショップを二つ三つ混ぜたように大量のゲージが乱立した一角になっている。

やはり犬は人気のようで、多くのお客さんがいる。

チワワやミニチュアダックス、豆柴、コーギーといった人気の小型犬種を筆頭に、ラブラドール、ゴールデン、ビーグル、ブルドックなどの定番犬種も揃っていた。

ここでお披露目されているのはブリーダーが育てた優良種であるらしく、グランドチャンピオンだのフェスティバルノミネートだのモンドセレクションだのグッドデザインだのと、どれくらい権威があるのか一目ではわかりにくい肩書きがついている。

犬ゾーンに入ってからというもの、雪ノ下は口を開こうとしない。あまりに静かだから呼吸すら止めてるんじゃないかと疑いたくなるほどだ。

周囲が盛況なだけに一人だけ静寂を保っているのが余計に気になる。というか、周囲うるさすぎる。特にキャーキャー言いながら写真ばしばし撮ってるあの女の人とか。

……ていうか、あれ平塚先生だな。見なかったことにしておこう。先生……。せっかくの休日なんだからデートとかしてくれ……。

まぁ、ここを抜ければ猫ゾーンだし早めに行くか……と、思ったときに雪ノ下が、あ、と小さく息を漏らした。

視線の先にはトリミングコーナーと書かれた一角がある。

「え、なに？　写真の加工やってんの？」

「違うわよ。犬の毛並みを整えたり毛艶を出したりして手入れすることよ。広くはグルーミングともいうわ」

グルーミング……UPじゃじゃ馬かな？　超名作。

俺が渡会牧場四姉妹について考えていると、雪ノ下が呆れたように言葉を継ぐ。

「要するに犬の美容室よ」

「え、そんなのあんの。贅沢だな、五代将軍でもいんのかよ」

「手入れだけでなく、しつけ教室とかもあるようね。あなたも行ってきたら？」

ごくごく自然に犬と同等扱いされていた。もう慣れたからいい。

どうでもいいことを話しているうちにちょうど一頭手入れが終わったらしい。ロングコートのミニチュアダックスフントが欠伸混じりにとことこ歩いてくる。おい、飼い主どうした。

「ちょ、ちょっとサブレ！　って、首輪ダメになってるし！」

放し飼い状態のミニチュアダックスはその制止に一瞬振り返ったが、軽やかに無視した。

そして出口のほうへ、つまり俺たちのほうへ向かって脱兎のごとく駆けだした。犬なのに。

「ひ、比企谷くん。い、ぬが……」

雪ノ下はどうしていいかわからずおろおろしている。あっちを見てこっちを見て、手なんて忙しなくあわあわと虚空を彷徨っていた。

……こいつのこういう反応は珍しいな。ちょっとだけ愉快なので放置しておいてもいいのだが、騒ぎになっても面倒だ。

「ほれ」

がっ、と犬の首根っこを押さえる。ダテに日ごろから嫌がって逃げるうちの猫を無理矢理取り押さえていない。この手の動物を捕まえるのは得意なのだ。

犬は悲しげな瞳をしていたが、はっと俺を見上げるとくんかくんか俺の匂いを嗅いでから、怒濤の勢いで指をぺろぺろしだす。びっくりして思わず犬から手を離してしまった。

「うおお、ぬるっとしたぁ……」

「あ、バカ。手を離したら……」

雪ノ下が焦ったように言う。が、犬は逃げ出すこともなく、俺の足もとにじゃれついてからおもむろにごろーんと転がった。腹を見せてはっはっはっはっと舌を出している。

なんだ、この犬……、懐きすぎじゃねぇか?

「この犬……」

雪ノ下が俺の背中に隠れるようにしてこそっと犬を覗き込む。いや、そんな怖い生き物じゃないと思うけど……。

「サ、サブレ！　ごめんなさい！　サブレがご迷惑を」

駆けつけた飼い主が犬を抱き上げて、凄い勢いで頭を下げる。すると、纏められたお団子髪がわさっと揺れた。

「あら、由比ヶ浜さん」

雪ノ下が声をかけると飼い主は、ほへ？　と不可思議そうな表情で顔を上げる。その髪型、その声、その態度、間違いなく由比ヶ浜結衣だ。

「へ？　ゆ、ゆきのん？」

そして機械的に横にいる俺を見る。

「え。え。あれ？　ヒッキー？　と、ゆきのん？」

由比ヶ浜は俺と雪ノ下を交互に見て「え？　え？」と混乱していた。

「うす」

「あ。う、うん……」

俺と由比ヶ浜の間にとても微妙な沈黙が流れた。うおお、やりづれぇ……。

その微妙な空気の中、由比ヶ浜の抱いていた犬がひゃんと鳴く。

それにぴくっと反応した雪ノ下は俺の陰に隠れることこそしなかったが、気持ち俺との距離を詰めた。危ないときはいつでも俺を盾にするつもりらしい。

「……あ、あー。えっと……」

由比ヶ浜は犬の頭を優しく撫でながら、俺と雪ノ下のちょうど中間あたりに視線を彷徨わせる。そうすることで距離感を測っているようにも見えた。

「こんなところで奇遇ね」

雪ノ下が話しかけると由比ヶ浜はびくっと少し大きく身体を揺らした。

「そ、そだね。ゆきのんと……ヒッキーはなんで一緒なの？　その……、二人で一緒って、珍しいっていうか……」

数日顔を合わせていなかったせいか、由比ヶ浜は雪ノ下に対してもどこかよそよそしい。雪ノ下と目を合わせようとせずに、胸元の飼い犬をきゅっと抱きしめた。

なぜ一緒なのかと問われたところで偶然出くわしただけだから理由なんてない。俺と雪ノ下はなんとなく顔を見合わせてからどちらからともなく口を開く。

「なんでって別に」

それを由比ヶ浜が遮った。

「あ、やっぱいい！　いい、大丈夫。なんでもない……。休みの日に二人で出かけてたらそんなの決まってるよね。そっか……なんで気づかなかったかなー、あたし。空気読むのだけが取り柄なのに……」

精一杯目を細めて、強張る口元で笑みを作って、「あはは……」と掠れ気味に声を漏らす。

こいつ、何か変な誤解してないか。俺と雪ノ下が付き合ってるとかそんな感じの。まぁ、ちょっと考えればそんなことはありえないとすぐにわかるし、「俺たち別に付き合ってないから」とか言い出すのは相当頭がアレだし、自意識過剰っぽくて俺の美学に反する。

誤解は誤解。真実ではない。ならそれを俺自身が知っていればいい。誰に何を思われても構わない。……いつも誤解を解こうとすればするほど悪い方向に進むしな。もう諦めた。

由比ヶ浜の腕の中の犬がくぅん？　と寂しげに鳴いて飼い主の顔を見上げる。「大丈夫

「……」と小さく呟きながら、由比ヶ浜はサブレの頭を撫でた。

「じゃ、じゃあ、あたしもう行くから……」

由比ヶ浜は顔を伏せ、足もとを見つめたまま歩き出そうとする。それを雪ノ下が「由比ヶ浜さん」と呼びとめた。

雪ノ下の声は喧噪の中ではっきりと聞こえた。周りのどんな音も遠慮するかのように、その声だけが耳に届いてくる。俯いていた由比ヶ浜の視線が自然と雪ノ下のほうへ向かった。

「私たちのことで話があるから、月曜日、部室に来てくれるかしら?」

「……あー、あはは……あんまり、聞きたくない、かも……。その、今さら聞いてもどうしようもないっていうか手も足も出ないっていうか……」

声音は柔らかく、困ったように笑いながら言ったが、そこには明確な拒絶があった。

由比ヶ浜の態度に怯んだのか、雪ノ下の視線が少し下がる。周囲の喧噪が一段と大きくなったような錯覚がした。

その中で、雪ノ下はぽつりぽつりと、探し出すようにして言葉を紡いでいく。

「……私、こういう性格だから、うまく伝えられなかったのだけれど。……あなたにはきちんと話しておきたいと思っているわ」

「…………ん」

由比ヶ浜は肯定とも否定とも取れない鈍い反応を返す。ちらりと、どこか訝しげな視線を雪ノ下に向けたがそれもすぐに逸らしてしまう。そしてくるりと踵を返して由比ヶ浜は歩き始めた。去りゆく姿を俺と雪ノ下は黙って見送る。

小さく丸められた背中が人波に消えてから俺は隣に立つ雪ノ下に問いかける。

「なあ。由比ヶ浜に話ってなんだ?」

「六月十八日、なんの日か知ってる?」

雪ノ下は試すように、俺の顔を下から覗き込む。雪ノ下の顔が急に近づいたので、思わず半歩下がってしまった。

「……まぁ、祝日じゃないことは確かだな」

俺がわからないと見えると、雪ノ下は少し自慢げに胸を反らして答えを発表する。

「由比ヶ浜さんの誕生日よ。……たぶん」

「そうなのか? ……え? たぶん?」

「ええ、アドレスに0618って入っていたから、たぶん」

「直接確認したことはないんだな……」

さすがのコミュニケーション能力だった。

「だから、誕生日のお祝いをしてあげたいの。たとえ、今後由比ヶ浜さんが奉仕部へ来ないにしても、……これまでの感謝はきちんと伝えたい、から」

雪ノ下はそっと目を伏せて恥ずかしそうにそう言った。

「そうか……」

アレな性格の上、スペックの高さから常に嫉妬の炎に晒され続けてきた雪ノ下にとって、由比ヶ浜は初めてできた友達に違いない。感謝しているという言葉に嘘はないと思う。言葉の端々に諦めが滲んでいながらも、その友情を失いたくないと思っているのだろう。

……あー。これってやっぱ俺が由比ヶ浜になんか言ったからだろうか。

少し罪悪感を抱きながらちらりと雪ノ下を見ると、雪ノ下も俺の視線に気づき、少し居心地悪そうに身を捩った。ああ、どうせまた見るな気持ち悪いとか言われるんだろうな。そう思って、言われる前にすっと目を逸らすと、若干頰を赤らめながら咳払いをした。

「ねえ、比企谷くん……」

「あん？」

振り向くと雪ノ下は自分の胸元をきゅっと握っていた。緊張しているのか、こくっと喉を鳴らす。上気した桜色の頰を隠すように、潤んだ瞳で上目づかいに俺を見た。

目が合ったせいで俺まで緊張してくる。

何か絞り出すように、雪ノ下は小さくか細い声で囁いた。

「そ、その……っ、付き合ってくれないかしら？」

「……は？」

ちゃっかり比企谷小町は画策している。

日曜日。

梅雨の晴れ間とも呼ぶべき晴天だった。今日は雪ノ下と出かけることになっている。

時刻は一〇時ちょうどになろうかというところだ。少し早く来過ぎただろうか。どうやらあまりの出来事に動揺しているらしい。

まさか雪ノ下から「付き合ってほしい」なんて言われるとは……。

どうしよう……やっぱり断ろうかな……。あのときの俺は混乱していたのだ。いつもの雪ノ下からは想像もできないことを言われたせいで、正常な判断力を失っていたのだ、きっと。

ぐわあああ！　と叫びだしたくなるのを抑えながら頭を抱えていると、後ろから声をかけられた。

「お待たせ」

涼やかな一陣の風を引き連れて、雪ノ下雪乃がゆっくりと歩いてくる。

フェミニンな印象を与える柔らかそうな生地のスカート、そして休日のスタイルなのかいつもより高い位置で括ったツインテールが風をはらんでふわりと踊っていた。

「……別に、たいして待ってねぇよ」

「そ。なら、良かったわ。では、行きましょうか」

雪ノ下は籐編みのバッグを持ち直しながら誰かを捜すようにきょろきょろと周囲を窺った。

「小町なら今、コンビニ行ってるからちょっと待ってくれ」

「そう。……けれど、休日に付き合わせてしまってなんだか申し訳ないわね……」

「仕方ないだろ、俺とお前で由比ヶ浜の誕生日プレゼント買いに行っても絶対ろくなもん買わないし。それに小町は喜んでたからいいんじゃねぇの」

「だと、いいのだけれど……」

と、ここでネタ晴らし。世界まる見えかよ。

付き合ってくれというのは、ただ単に由比ヶ浜の誕生日プレゼントを買いに行くのに付き合ってほしいと言われただけ。それも俺じゃなくて小町に付き合ってほしいんだと。

まぁ、賢明な判断だ。今までならこういうときは由比ヶ浜に頼るんだろうが、今回はその由比ヶ浜のためのものだから頼るわけにはいかない。となると、交友関係の狭い雪ノ下が当てにできるのは小町くらいしかいないだろう。

二分ほどお互い無言で待っていると、小町が戻ってきた。

今日は雪ノ下とお出かけだとわかっていたせいかいつもよりもやや清楚な方向に服装がシフトしている。半袖のブラウスにサマーベスト、下はプリーツスカートにニーソックス、足もとはローファーで固めてちょっとお嬢様仕様だ。だが、ちょこっと浅くかぶったキャスケット帽が元気さを印象づけていた。手にはペットボトルのお茶が握られている。

「およ、雪乃さんだ！　こんにちは」

「ごめんなさいね。休日なのに付き合わせてしまって」

「いえいえ。小町も結衣さんの誕生日プレゼント買いたいですし、雪乃さんとお出かけ楽しみですし」

雪ノ下に謝られて、小町はにっこりと微笑む。こいつはこいつで雪ノ下のこと大好きっぽいので、その言葉に嘘はないと思う。それにしても雪ノ下はちょっとアホっぽい子に好かれるよな。俺が知ってる中じゃ、葉山の次くらいに女子にモテるんじゃねぇの、こいつ。

「そろそろ電車来るし、行こうぜ」

二人を促して、俺たちは改札口へと向かう。

今日の目的地は千葉の高校生がデートスポットによく使うと噂の、みんな大好き東京ＢＡＹららぽーとである。

さまざまなショップが入っており、映画館もあればイベントスペースもあるという県下最大級のレジャースポットだ。要するに俺には無縁な場所である。

車内もそこそこの混雑具合だ。俺たちはつり革につかまって五分ほど電車に揺られていた。

俺と雪ノ下だけだったらおそらく何も話さないのだが、今日は小町がいるため、なにくれとなく小町は雪ノ下に話しかけていた。

「雪乃さんはもう何を買うか決めたんですか？」

「……いえ、いろいろ見ていたのだけれど私にはちょっとよくわからなくて」

そう言ってから雪ノ下は小さくため息を吐いた。たぶん、雪ノ下が部室で雑誌を読んでいたのは由比ヶ浜への誕生日プレゼントを考えていたのだろう。雪ノ下と由比ヶ浜、センス合わなそうだなぁ……。

「それに私、友人から誕生日プレゼントもらったことないから……」

少しだけ陰鬱な表情をして雪ノ下はこぼした。それを聞いて小町もちょっと物憂げな顔で黙ってしまう。なんと言ったらいいか困っているようだ。

「……ふぅ、お前はほんとアレだな。俺なんてあれだぜ、ちゃんともらったことあるぜ」

「え？　嘘でしょう？」

なんだかとても失礼な驚き方をされた。

「嘘じゃねぇよ。今さらお前にそんな見栄張っても意味ないだろ」

俺が言うと、雪ノ下はどこか感心したように頷く。

「それもそうね……。軽率な物言いだったわ。ごめんなさい。疑ってばかりではいけないわよね。これからはあなたのクズっぷりにだけは全幅の信頼を寄せることにするわ」

「お前、それ褒め言葉だと思ってるなら大きな間違いだからな」

「それで、何をもらったの？　参考までに聞かせてくれるかしら」

「トウモロコシ……」

雪ノ下がぱちぱちっと大きな瞳を瞬かせた。

「え？」

よく聞こえなかった、と言うふうに雪ノ下が聞き返してくる。

「ト、トウモロコシ……」

「はい？」

「だから！　そいつの家が農家だったんだよ！　言っとくけどすげぇうまかったからな！　母ちゃんが蒸してくれたんだからな！」

「お、お兄ちゃん。そ、そんな涙目にならなくても……」

泣いてない。俺は断じて泣いてなどいない。これはあれだ、目からお小水が出てるだけだ。

「そう、あれは小学四年生の夏休みのことだ……」

「唐突にお兄ちゃんの自分語りが始まった……」

小町はうんざりした表情で言ったが、雪ノ下には聞く意志があるようでこくっと頷き、続きを促す。

「母親同士が仲良かったとかで高津君は俺んちにやってきたんだ。誕生日に同級生が来るなんて初めての経験で俺は少し舞い上がってしまった。俺が玄関前まで行くと、高津君は五段変速ギアのマウンテンバイクにまたがったまま、新聞紙でくるまれた包みを渡してきた。

『お前、今日誕生日なんだって？　これ、母ちゃんが渡してこいって』

『あ、ありがと……』

『…………』

『…………う、うちあがる？』

『えー？　あー、俺。新ちゃんちで遊ぶ約束してっから』

『そ、そっか……』

ナニソレオレサソワレテナイ。新ちゃんと仲良いつもりだった俺はその時点でちょっと泣きそうになっていた。高津君が『じゃあなー』とマウンテンバイクを漕ぎだしたのを見送ってから包みを開くとそこには朝露に濡れた新鮮なトウモロコシ。気づくと滴が一つ、また一つと降り注いでいた……」

語り終えて、雪ノ下がふぅと小さいため息を吐いた。

「結局、友達からプレゼントをもらったことはないのね」

「……ほんとだ！　俺と高津君、友達じゃねぇじゃん！」

七年越しの真実に気づいてしまった。なんなら新ちゃんとも友達だったか怪しいぞ。

俺の絞り出すような魂の叫びが雪ノ下に届いたのか、雪ノ下も遠い目をしながら呟く。

「けれど、確かに、親の付き合いでっていうのはあるわよね……。親同士で話している間、子供たちをひとまとめにするの、あれは本当にやめてほしかったわ」

「あるよな、そういうの。子供会とか学童保育とか辛(つら)かったなぁ……。同学年でさえたいして仲良くないのに他の学年までいるんだぜ？　俺ずっと一人で本読んでたよ……。おかげでいい作品にたくさん巡り合えたから結果的には良かったんだけど」

「私も大概本を読んでいた覚えがあるわ……。読書はもともと好きだったから楽しかったけれど」

「う、うわー、外いい天気だなー」

暗く重苦しい雰囲気に耐えかねたのか、小町(こまち)が唐突に窓の外を見始める。

青空はどこまでも澄み渡り、夏の始まりを予感させていた。

今日は暑くなりそうだ。

×　×　×

南船橋駅から少し歩くと、左手にイケアがある。おしゃれ家具屋さんでここも人気スポットの一つだ。昔からこのあたりはいわゆるレジャースポットで巨大迷路があったり、その後室内スキー場になったりした。過去形なのは無論、今はもうないからだ。

時間の流れを感じる。俺も気付かぬ間に大人になりつつあるのだ。

懐かしいよな、手ぶらでスキーのキャッチコピー。今となっては手ぶらって聞くと手ブラしか思いつかない。時間の流れを感じる。俺も気付かぬ間に大人になりつつあるのだ……。

歩道橋を渡り終えると、そこからショッピングモールの入り口に繋がっている。

構内の案内板を見ながら雪ノ下が考えるように腕を組んだ。

「驚いた……かなり広いのね」

「はい、なんかですね、いくつにもゾーンが分かれてるんで目的を絞ったほうがいいですよ」

詳しい大きさまではよくわからないが、近隣でも最大級のショッピングモールだけにぶらぶらと歩いているとそれだけで一日が終わってしまう。ここで遊ぶ際にはコースをきっちり考えておかなければならないようだ。

「と、なると効率重視で回るべきだな。じゃあ、俺こっち回るから」

俺は案内板の右側を指さす。すると、雪ノ下が左側を指した。

「ええ、では私が反対側を受け持つわ」

よし、これで手間は半分だ。あとは小町の配置を決めてさらに効率を求めれば完璧だ。

「じゃあ、小町はこの奥のほうの」

「ストップです♪」

案内板を指さした俺の人差し指をくきっと小町が折った。

「なんだよ……っていうか指超痛ぇ……」

　ぶつくさ文句を垂れる俺を見て、小町は大きなため息を吐いて、アメリカ人がするような「はぁ～、こいつわかってねぇな～」みたいな肩を竦めるリアクションをした。おい、結構ムカつくぞ、その態度。

　それが不可解だったのは俺だけではないようで、雪ノ下も首を傾げて小町を見る。

「何か問題でもあるのかしら？」

「お兄ちゃんも雪乃さんも、そのナチュラルに単独行動取ろうとするのやめましょう。せっかくなのでみんなで回りませんか？　そのほうがアドバイスし合えるし、お得です」

「けれど、それだと回りきれないんじゃないかしら……」

「大丈夫です！　小町の見立てだと結衣さんの趣味的にここを押さえておけば問題ないと思います」

　そう言って小町は案内板の下に置いてあるパンフレットを取り出して開いた。小町が指さしている場所は一階の奥のほう、「ジャッシーン」だの「リサリサ」だのといった、這い寄ったり波紋教えてくれそうな名前が並んでいる。たぶんその一帯に若い女の子向けの商品を扱っているショップが集まっているんだろう。

「じゃあ、そこ行くか」

　俺がそう言うと、雪ノ下も別に異存はないのかこくっと頷いた。

　では、とりあえず出発。

その女の子っぽいゾーンはここから二つ三つ先に行った区画にある。それまでは男性向けだったりどっちに向けてるのか一目ではわからないものだったり雑貨だったりと、よくもまぁこれだけ多くの種類があるものだと感心するほどにたくさんのブランドというかショップが立ち並んでいる。

行きがかり上、俺を先頭に進んでいるが、普段こうした大型ショッピングモールには来ないのでどうにも道に自信がない。

それは雪ノ下も同様なのか物珍しそうに右を見たり、左を見たりと忙しなく首を動かしていた。ただその表情は穏やかな微笑みを湛えている。少なくともつまらなそうではない。

時には足を止めてじっと商品を見つめていたりした。

が、店員が近寄ってきた瞬間にその気配を察して、すっと立ち去る。

……あー、その気持ちわかるなぁ。服選んでるときに話しかけるのほんとやめてほしい。服屋の店員さんはぼっちが放つ「話しかけんなオーラ」を感じ取るスキルを身につけたほうがいい。そのほうがたぶん売り上げ上がるぞ。

そうこうしているうちに、右のブロック、左のブロックへと進める分岐点に来た。さらにその先にはそれぞれ上へ昇るエスカレーターが見える。

俺はさっきの案内板を思い出しつつ、右を指しながら小町へ振り返る。

「小町、こっちこのままっすぐでいいんだよな?」

と振り返ってみると、小町がいない。

「あ、あれ？」

見渡してみても小町の姿は見えない。代わりに見えたものといえば、雪ノ下が真剣な表情で凶悪な目と研ぎ澄まされた爪、そしてぎらりと光る牙を持った変なパンダのぬいぐるみをぐにぐにしている姿だけだ。

あれは東京ディスティニーランドの人気キャラクター、パンダのパンさんだ。「パンさんのバンブーハント」は二時間三時間待ちは当たり前というほどの人気アトラクションである。

誰もが知る人気スポット、東京ディスティニーランド。千葉の誇りであると同時に、千葉にあるのに東京を名乗らねばならないという屈辱を味わわせてくるなかなかにファンキーな存在だ。こいつは舞浜にあるのだが、この舞浜の由来となったのがなんでもマイアミビーチに似てるからなんだとか。以上、本日の千葉県講座でした。

「雪ノ下」

声をかけるとついさっきまでぐにっていたそいつをすっと棚に戻して、雪ノ下はクールに髪を払った。視線だけで「何？」と問うてくる。

あ、いえ……別になんでもないんですけど……。こないだの猫の一件からもこいつのこういう態度には突っ込まないのが正解だ。

「小町見なかったか？　どっか行っちゃったみたいなんだけど」

「そういえば見かけてないわね……。携帯にかけてみたら？」

「そうだな」

　さっそく小町に電話をしてみる。すると、なんかまたよくわからない音楽がじゃんじゃか鳴っていた。で、何、なんでこいつの携帯歌ってんの？

　電話はちゃんとかかるものの、小町が出る気配はない。まるまる二フレーズ聞いたところで俺は諦めて電話を切った。

「出ねぇな……」

　俺が電話をしている間に雪ノ下の荷物が増えていた。やけにけばけばしい原色のビニール袋が籐編みのバッグと一緒に握られている。それ買ったんですか……。

　俺が半ば呆れ顔でその袋を見ていることに気づいたのか、雪ノ下は素知らぬふりをしながらバッグの中にそれをしまって、仕切り直すように言った。

「小町さん、何か気になるものでも見つけたのかしら……。さすがにこれだけの品があるとついつい見入ってしまうものも、あるわよね」

「ああ、お前みたいに」

　俺がバッグに視線をやると、雪ノ下は唐突に咳払いをした。

「っとにかく。小町さんも最終目的地はわかっているわけだし、そこで落ち合えばいいでしょう。ここでうだうだしていても仕方ないわ」

「まぁ、それもそうか……」

俺は小町に「電話しろバカ。先行く」とメールを送って先へ進むことにした。

「……で、これ右まっすぐでいいんだよな?」

確認の意味を込めて聞くと、雪ノ下がきょとんとした顔になる。

「左ではないの?」

正解は右です。

× × ×

周囲の雰囲気が明らかに変わった。

パステルとビビッドが入り混じった色彩の空間にはフローラルやシャボンの香りが漂い、いかにも女の子な場所に来ていた。

服屋にアクセサリーショップ、靴下専門店にキッチン雑貨、そしてもちろんランジェリーショップ。俺にとってはとっても居心地の悪い異空間が広がっている。

「どうやらこの辺みたいね」

雪ノ下は涼しい顔でそう言うが、俺はすっかり疲弊していた。

「ああ、まさか四回も道を間違えるとは……。お前、数学の図形とか絶対苦手だろ」

「数学に関しては、あなたにだけは言われたくないのだけれど……」

「私立文系に数学は要らねぇんだよ。最初から捨ててる。だから最下位でも問題ない」

「最下位って……どんな点数取ったらそうなるのかしら……」

「九点だと最下位だな。ソースは俺」

「……それ、進級できるの？」

補習に呼ばれた後、追試。ただし、補習のときにやらされるプリントの問題がそのまま出るのでそこからは暗記勝負である。まぁ、教師としても留年されると面倒だから出席日数以外の部分ではそういう救済措置を取るのだろう。

「で、何買うんだ？」

「……そうね、普段から使えてかつ長期間の使用に耐える耐久性を持ったもの、かしら」

「それ事務用品とか選んだほうがいいんじゃねぇか」

どう考えても若い女の子に向けてプレゼント選ぶ基準じゃないと思うぞ。

「それも考えたのだけれど」

「考えたのかよ……」

「でも、由比ヶ浜(ゆいがはま)さんの喜びそうなものではないし……。さすがに万年筆や工具セットをプレゼントしても嬉(うれ)しがるとは思えないもの」

「そりゃ賢明な判断だ……」

さすがに「うわぁ！　このドライバーセット欲しかったんだぁ！　あ、六角レンチまである！　わわ！　バールまで！　ゆきのん、ありがとう！」というのは想像できない。でも、工業系女子というのはちょっと流行りそうな気がする。

「で、由比ヶ浜の趣味に合わせることにしたわけだ」

「ええ。どうせなら、喜んでもらいたいし……」

雪ノ下は穏やかな微笑みを浮かべている。たぶん由比ヶ浜はその表情を見たら大喜びだと思うけどな。

「じゃ、さっそく選ぶか」

「ちょっと待って。小町さんは？」

ああ、そういえば連絡ねぇな。小町がいないと細かいアドバイスがもらえない。由比ヶ浜が好みそうなジャンルまでは絞ってくれたが、最終的にどういったアイテムがいいかがわからなくては買えない。そこまで頼っていいのだろうかとは思うが、女子高生へのプレゼントに万年筆や工具セットを思いついてしまう雪ノ下の判断では心もとない。

携帯を見てみたが、小町からの連絡は入っていなかった。もう一度連絡してみるか。

電話をかけてみると、毎度おなじみ小町の音楽がじゃんじゃか鳴っていた。で、だからなんでこいつの携帯歌ってんだよ。

『はいはーい』

「あ、お前今どこいんだよ。もう着いたぞ。待ってるから早く来いよ」

『え？　……あー。小町買いたいものいろいろあるからすっかり忘れてたよ』

「妹の頭がここまで残念になっていたとは……。お兄ちゃん、ちょっとショックだよ」

まさか、ここまで記憶力が悪かったなんて。どうりでこいつの暗記科目がいつもぼろぼろなはずだよ。とか思っていたら、電話の向こうからものすごい馬鹿にした感じのため息が聞こえてきた。

『……ふっ、お兄ちゃんにわかれっていうほうが無理か。まぁ、いいや。小町あと五時間くらいかかりそうだし、なんなら一人で帰るから、後は二人で頑張って！』

「いや、ちょ、ちょっと待てって！」

『何、雪乃さんと二人っきりだと緊張する？　心配しなくても大丈夫だよー、たぶん』

「や、そんなのは別にどうでもいいんだけど、お前一人で大丈夫か？　さすがにこういう場所で中学生一人っていうのは……」

休日、多くの人で混雑している場所だ。事件や事故に巻き込まれる可能性だってある。ましてや小町はまだ中学生の女の子だ。しかも、俺の妹だけあって可愛い。ムカつく言動となめた態度でイラつかされることもあるが、やっぱり心配だ。

『……。はぁ、その気遣いが他に向かうといいんだけどね。小町なら大丈夫だよ』

「いや、小町だから心配なんだが」

お前、お菓子もらったり、現金ちらつかされたら簡単についていきそうだし……。

『お兄ちゃん、小町を誰だと思ってるの？　お兄ちゃんの妹だよ？』

おお、なんか感動的なことを言われたぞ。

『だから、一人全然平気！　むしろ、一人のほうが生き生きしてるよ！』

理由がとっても悲しかった。

しかし、実際俺は一人のときのほうが生き生きしているので反論できない。あれだよな、ゲームしてるときとか超しゃべるよな。「かー、それはねーわー」とか「ほう、そう来たか」とか「凛子、好きだよ」とか。おかげで母親に「友達でも来てたの？」とか言われて「え、で、電話……」とかおろおろしながら答える羽目になるんだ。もう家でラブプラスはできない。

「わかった……。何かあったらすぐに連絡しろよ。いや待て、何かなくても連絡しろ」

『はいはい。じゃ、もう切るよー。お兄ちゃん、頑張って！』

そこで通話が途切れる。あとにはッツーッツーという無機質な音だけだ。

もの買うのに頑張るもなにもねぇだろ……。

俺は携帯をしまうと雪ノ下に向き直る。

「小町はなんか買いたいものがあるらしい。で、あとは丸投げされた」

「そう……。まぁ、わざわざ休日に付き合ってもらっていたわけだし、文句が言える義理ではないわね」

雪ノ下は少し残念そうに言ってから、気合を入れ直すように言葉を継ぐ。

「由比ヶ浜さんが好みそうなジャンルはわかったのだし、あとは私たちでなんとかしましょう」

わー、凄い不安だなー。

という俺の心配をよそに雪ノ下はまず手近にあった服屋へと向かった。入ってからは並んだ品々を手に取り、真剣に検分している。

俺も雪ノ下に倣い、お店に入ることにした。

したのだが、これはとてもじゃないが耐えられそうにない。

まず、男が入ってきたときの他の女性客の視線が痛い。それはもう虫を見るかのようだ。さらに俺の動きを警戒するかのごとく店員さんがすっと移動を始める。完全に比企谷シフトが敷かれていた。

な、なぜだ……。店内には俺の他にも男がいるのに！　これ差別？　ねぇこれ差別じゃないですか！　確かに店内にいる男はリア充っぽい。寒くもないのに首に襟巻してるし、猟師みたいなベスト着てるし、見た目からもうリア充っぽい。そのズボンについてる変な紐なんだよ、なんの用途に使うんだよ。

「あの、お客様……。何かお探しですか？」

ぺったりと張り付いた笑顔の下に警戒心を隠しながら女性店員が話しかけてきた。

「あ、いや、その……す、すいません」

思わず謝ってしまった。その意味不明な謝罪がさらに警戒心を招いたのか、女性店員がさらに一人増える。まずい、仲間を呼ばれた！　全滅フラグがビンビン立ってる！

このままもたもたしているとさらに仲間を呼ばれかねない。すぐに逃げ出さねばと思ったところで救いの手が差し伸べられた。

「比企谷くん……。あなた、何をしたの？　試着？　そういうのは家でやってくれるかしら」

「家でもやらねぇよ！　つーか、なんもしてねぇんだけどな……」

俺を見下す目つきで見ながら雪ノ下が近寄ってくる。すると、店員の警戒心が薄れた。

さすがは雪ノ下。人を遠ざけることに関してはプロの領域だな。

「あ、彼女さんの付き添いだったんですね。ごゆっくりどうぞ」

店員さんは何か一人で納得したように言い残して立ち去ろうとする。

「いや、全然違うんですけど……」

「違うんですか？　じゃあやっぱり不審者……」

目の色が青から赤の攻撃色に変わった！　選択肢間違えた！　このままだと通報されるバッドエンドしか見えない。

「はぁ……。比企谷くん、行きましょう」

わらわらと集まってきた店員の群れから逃れるように雪ノ下が俺の手を引く。それだけで店員は近寄ってこなくなった。

店の外へ出てからようやく緊張が解けた。

「……俺、そんなに不審かな」

どんよりとした顔つきの俺は普段の百万倍くらい目が腐っていたと思う。英語で言うとメガ目が腐っていたと思う。

さすがの雪ノ下も俺に同情したのか、俺の不審者ぶりを責めるような真似はしなかった。

「どうやら、男性の一人客は警戒されるようね。見た限りでは男性客は皆、カップルだったようだし」

なるほどな。女性・カップル専用ゾーンってやつだな、プリクラと一緒だ。そうなると、俺がここにいてもできることは何もない。もう一度果敢にチャレンジする勇気は俺にはない。

「……じゃあ、俺あっちのほうにいるから」

言いながらちょっと離れたベンチを指さした。

店の外であっても周辺は女性だらけだ。そんなところに俺が一人でいたら奇異な視線が降り注ぐことは想像に難くない。なんせ教室ですら奇異な視線が注がれるほどだ。

けれど、離れたベンチにいればさすがに通報されたりはしないだろう。怪しい真似さえしなければ大丈夫だ。たぶん大丈夫だと思う。大丈夫なんじゃないかな。ま、ちょっとは覚悟しておこう、とか思いつつ俺はベンチに向かう。

「待ちなさい」

「あん？」

振り返ると雪ノ下がこちらへ向かって颯爽と歩いてくる。

「私のセンスに任せるつもり？　自慢ではないけれど、私は一般の女子高生と離れた価値基準を持っているのよ」

「自覚はあったんだな……」

まぁ、真っ先に工具セットをプレゼントに思いつく女だしな。

「だから、その……手伝ってもらえると助かる、のだけれど……」

雪ノ下はすごく言いづらそうに顔を下に伏せていた。足もとに向けられた視線がそわそわと忙しなく動く。

俺に頼むなんてよほど困ってるんだな。言っておくけど俺、女子にちゃんとしたプレゼント買ったことなんてないぞ。自分をプレゼントしてぼろっかすにされたことならある。

「まぁ、手伝ってやりたいのはやまやまだけど、店の中、入れないしな……」

そう答えると、雪ノ下は、はぁ、と何かを諦めたようにため息を吐いた。

「この際、仕方がないわ。あまり距離をあけないようにしてちょうだい」

「は？　距離？」

訝るような俺の視線を受けて、雪ノ下は少しむっとした。

「言わなければわからないの？　あなた、空気を吸って吐くだけしかできないならそこらのエアコンのほうがよほど優秀よ？」

確かに。空気清浄とか節電とか超お役立ちだ。早く空気を読む機能を搭載してほしい。

「つまり、今日一日に限り、恋人のように振る舞うことを許可する、ということよ」

「すげぇ上から目線だな」

わー、うぜぇ。

俺がイラッとしたことは雪ノ下に伝わったのか、雪ノ下はぎろっと俺を睨んできた。

「何か不満でも？」

「別に不満はねぇよ」

「そ、そう……」

雪ノ下が拍子抜けしたように素で驚いた顔を見せる。

しかし、驚かれるようなことじゃない。こいつと恋人などまっぴらごめんだが、恋人のふりをするぶんには別に構わない。

雪ノ下は嘘を吐かない。だから、こいつが今日一日と言えば寸分たがわず今日一日であり、恋人のように、と言うのであればそれは間違いなく恋人そのものではない。

だから俺は安心してこの提案に乗ることができる。

雪ノ下が俺のクズさに全幅の信頼を寄せるように、俺もまたこいつとどうこうならないことに関してだけは絶対の自信を持っている。これはこれで信頼と呼べるのかもしれない。なにこれ、全然平和的じゃないんだけど。

雪ノ下は呆けた表情をしていたことに気づいたのか、隠すようにくるりと背を向け、あさっての方向に話しかけた。

「……あなたはてっきり嫌がると思ったけれど」

「いや、特に断る理由もないしな。っつーか。お前は嫌じゃないのかよ」

俺が逆に問い返すと、雪ノ下は取り澄ました表情で振り返る。

「別に構わないわよ。知り合いに見られているわけでもないし、周囲に他人しかいない状況なら勘違いされて風評被害に遭う心配もないもの」

さっくり俺まで他人扱いされていた。まぁいいんですけども。

「では、行きましょうか」

そう言って雪ノ下は次の店へと向かう。俺も雪ノ下の隣に並んで歩き始めた。

お互いに期待しない、期待されないというのは結構楽でいい関係なんじゃないかと俺は思う。まぁ、ほら。パンドラちゃんが持ってた箱の中にはあらゆる災厄と一緒に希望が詰まってたっていうじゃんか。あれだよあれ。希望も災厄ってことだ。

×　×　×

次に入った服屋からは意外なくらいにスムーズに物事が運んだ。

どうやら世の中というのは俺が思っていた以上に、シンプルでオツムテンテンなものらしい。うら若き男女が二人並んで歩いているだけで簡単に恋人認定してしまうようだ。まぁ、確かに言われてみれば俺だって高校生の男女が二人でいたら心の内で呪詛を唱えまくっていたわけだし、案外、そういうものなのかもしれない。

お前日本代表よりフィジカル強いんじゃねぇのってくらい俺をマークしていた店員たちも雪ノ下が近くにいるとそれだけで俺への警戒を解く。

雪ノ下は周囲を他人と言いきるだけあって、店員が話しかけてきても「結構です」の一言で追い返し、真剣な眼差しでものを選んでいた。

時折、ピンときたものを手に取っては横にぐいぐいと引っ張り、縦に伸ばしたりする。

審査基準がおかしいと思います。

「次、行きましょうか」

どうやら耐久力に不安があるらしく、手に持っていた服を手早く畳んで棚に戻す。

「なぁ、頑丈さで服を選んでたら一生決まんないと思うぞ。由比ヶ浜、たぶん服に防御力とか求めてないだろうし」

ぬののふくでいいだろ、ぬののふくで。モンスターがいるわけじゃないんだから。

「……はぁ、仕方がないじゃない。材質や縫製くらいでしか判断がつかないのよ。……私、由比ヶ浜さんが何が好きかとか、どんなものが趣味かとか、……知らなかったのね」

そのため息はこれまでのどのため息よりも深く、一番物憂げだった。

知ろうともしてこなかったことを悔いているのだろうか。

なら、それは無駄な後悔だ。

「別に知らなくていいだろ、むしろ半端な情報だけで知った顔されたら腹が立つ。千葉県民に向かって、よその落花生送るようなもんだ」

「例えが千葉すぎてわからないのだけれど……」

雪ノ下が少し呆れた様子で言った。む、伝わらなかったか。

要するに千葉県民はピーナッツにはうるさいのだ。ダテに全国生産量一位を誇っていない。というか、七割が千葉とかちょっとおかしい。ちなみに二割が茨城。人呼んで南京豆地方。

「わかりやすく言うとだな、ソムリエに半端な知識でワイン贈る、みてぇなことだよ」

「なるほど……。一理あるわね……」

俺の言わんとしたことが理解できたらしく、雪ノ下は納得したように頷いた。

あれだ、誕生日プレゼントで父親がよくやることだ。プレステとサターン間違えちゃった、みたいな。スーファミ売り切れてて、まぁ、メガドラ、３ＤＯでも同じピコピコだしいいだろー、みたいな。中途半端な知識でものを贈ると大抵ろくなことにならない。

「……あなたの歪んだ価値観が役に立つこともあるのね」

半ば感心したように雪ノ下は言うが全然褒められている気がしない。

「けれど、確かに相手の得意分野で争っても勝ち目は薄いものね。勝つためには逆に弱点を突かなければ……」

プレゼント選びすら戦いとかお前の一族アマゾネスかよ。

「ま、弱点を突くというか、弱点を補うようなものはありかもな。そういう意味じゃお前の言う実用的って条件も満たせるし」

「そうね、そういうことなら……」

何か思いついたのだろうか。雪ノ下は次なる店を目指す。

服屋のはす向かいにあるランジェリーショップの前で立ち止まった。のは俺だけで雪ノ下はその横にあるキッチン雑貨のお店へと消えていく。

こういうバリバリのセクシーさや可愛さを強調したランジェリーショップより、ヨーカドーとかにあるぽつんとした下着売り場のほうが余計にエロく感じるのはぼくだけでしょうか。あと、六月くらいの時期だとスク水とか売っていてさらにエロいと思います。

閑話休題。

キッチン雑貨店にはフライパンや鍋といった基本的な調理器具の他、パペットマペットみたいな鍋つかみとかマトリョーシカを模した食器セットのようなファンシー系アイテムが取り揃えられている。

「なるほど……確かにこれは由比ヶ浜の弱点だな」

由比ヶ浜は料理が下手だ。否、ド下手だ。一度あいつの手作りクッキーを食べたが、ケーヨーホームセンターで売ってる木炭かと思ったくらいだ。ジョイフル本田だったかもしれない。とにかく、見た目からの期待を裏切らない凄い味だった。味というか、刺激といったほうが正しい。それを食べたのは俺だけではなく、雪ノ下もだ。雪ノ下の懸命な指導でクッキーに関しては一般的なレベルまで向上したものの、より複雑な工程を踏む他の料理ではおそらくまともなものは出てこないだろう。

それにしてもこれはなかなか楽しい空間だった。

うは、なにこの鍋の蓋。ツマミの部分が開いて調味料入れられるなんて、超魅了されるんですけど。やだ俺バカみたい。

こういう便利グッズだけかと思いきや本格派な中華鍋まであんじゃん。やべぇ、振り回して「カカカカッ！」とか笑いたくなる。

ホームセンターとか一〇〇円ショップもそうだけど、こういったガジェットやツールは見てるだけでもテンションが上がる。

「比企谷くん、こっち」

呼ばれて、行ってみるとそこにいたのはエプロン姿の雪ノ下雪乃だった。

黒い生地は色合いとは裏腹に薄手で、雪ノ下が羽織ると涼しげですらあった。胸元に小さく

あしらわれた猫の足跡。

腰ひもがぴこっとリボン状に結ばれ、それが雪ノ下の引き締まったくびれを強調していた。

首回りや腕回りの具合、そして動きやすさを確かめるように、雪ノ下はくるりとワルツでも踊るかのように一回転して見せる。そうすると、解けかけた紐がゆらっと動き、しっぽみたいだった。

「どうかしら?」

「どうって言われてもなあ……すげぇよく似合ってるとしか」

他に言いようがない。雪ノ下はその黒髪のせいか、この手の清楚系アイテムが無駄に似合う。俺は素直に褒めたのだが、雪ノ下はこちらを見ずに、姿見のほうを向いて肩口や紐、裾を気にしていた。今、雪ノ下がどんな顔をしているか知っているのは、鏡と本人だけだ。

「……そう、ありがとう。けれど、私のことではなくて。由比ヶ浜さんにどうかしら、という意味よ」

「それは由比ヶ浜には似合わないだろ。なんかもっとふわふわぽわぽわした頭の悪そうなもののほうが喜ぶんじゃないの」

「ひどい言い草だけれど、的確だから反応に困るわね……」

雪ノ下はそう言いながら、今しがた自分が着ていたエプロンを脱いで丁寧に畳み始めた。

「となると、だいたいこの辺のものかしら」

畳んだエプロンを抱えたまま、次の獲物に目をつける。今度はポケットの数だの素材だのをチェックする。うん、材質のチェックは必要だな。石綿とか燃えない素材がいいと思うぞ。あいつ、火使わせると危なそうだし。

最終的に雪ノ下が選んだのは薄いピンクを基調とした装飾の少なめなエプロンだった。

「これにするわ」

「ああ、いいんじゃないの」

両脇に小さなポケットがそれぞれ一つずつ、真ん中には四次元っぽい大きなポケットが一ついている。お菓子とか入れ放題っぽくて由比ヶ浜には似合いそうだ。

雪ノ下はピンクのエプロンを畳み、レジへと向かう。手にあるのはピンクのエプロンと、黒のエプロン。

「お前、さっきのぬいぐるみといい、自分の買い物もちゃっかりしてんのな」

「……エプロンは買う予定になかったのだけれどね」

「衝動買いか。まぁ、買い物にはよくあることだな」

「…………」

雪ノ下は何か言いたげに口を開いたが、言いかけてやめる。俺をちらっと見てからふいっと視線を外すと、そのまま一人でレジに行ってしまった。

衝動買いじゃないのか？　よくわからん奴だ。ただ一つわかったのは、あの変なパンダのぬいぐるみは最初から買う予定にあったということである。

× × ×

俺はペットショップでグッズを買い、会計を済ませる。横に雪ノ下の姿はない。

別に俺を置いてさっさと帰ってしまったわけではない。さすがにそこまで薄情ではない。俺が買い物するにあたり別行動を申し出たらあっさり受理されただけだ。やっぱり薄情だ。

雪ノ下に連絡をしようかと思ったが、こういう場所で雪ノ下が行くところなど限られている。俺はペットグッズコーナーを抜けて、ケージのほうへ向かう。

すると、当然のように雪ノ下はそこにいた。

口元に柔らかい笑みを湛えて、膝を抱えるように座り、子猫を控えめに撫で、時折もふったりしている。さすがに周囲にも人がいるせいか、今日は「にゃー」とは言わないらしい。

あまりに真剣な様子で猫を撫でているので、声をかけづらい。

どうしたものか、と思っていると、雪ノ下の撫でていた猫がぴくっと耳だけを俺の方向に向ける。その耳の動きにつられて雪ノ下も振り返った。

「あら、早かったのね」

(訳：もっと猫もふりたかったのに……)

「悪い」

果たしてそれは「待たせちゃって悪い」なのか「早く来ちゃって悪い」なのかは俺にも判然としないが、とりあえず謝った。

雪ノ下は最後に名残惜しそうに子猫を撫でると、声は出さず、口の形だけで「にゃー」と挨拶をして立ち上がる。

「で、何を買ったの？　だいたい想像はつくけれど」

「まぁ、お前が思ってるもんだよ」

「そう」

淡泊に答えたが、雪ノ下の顔は若干満足げだった。正解したことが嬉しいらしい。

「けれど、意外だったわ。あなたが由比ヶ浜さんへのプレゼントを買うなんて」

言われて俺は少し答えに詰まる。

「……別に。『勝負』の延長線上だよ。今回はお前と共闘することにしただけだ」

「珍しいこともあるのね……。病気？」

雪ノ下は驚きに目を丸くしている。というか失礼だな、お前。

まぁ、由比ヶ浜のモチベーションを上げるのに、誕生日を祝うってアイデアは悪くない。ただ、そのためには俺と由比ヶ浜の関係をきちんとした形で清算しておく必要がある。なんとなくのままだとそのうちまた同じことが起きるだろうし。

「用事も済んだし、帰るか」

「そうね」

時間はだいたい二時といったところだ。意外と長い時間を過ごしてしまった。さくっと買ってさくっと帰る予定だったのに。

出口に向かうまでは俺が先導する。帰りも雪ノ下に先に行かせてしまってはもう二度と出られない気がする。巨大迷路は昔あったやつだけで充分だ。

その道すがら、家族やカップル向けのゲームコーナーがあった。

メダルゲーム、クレーンゲーム、協力プレイのガンシューティング、顔写真を取り込めるレーシングゲーム、そしてプリクラ。基本的には誰かとわいきゃい遊ぶための筐体たちだ。つまり俺には無関係。

さっさと通り過ぎてしまおうとしたとき、雪ノ下がぴたっと足を止める。

「どした？　ゲームでもしたいのか？」

「ゲームに興味はないわ」

そう答えるものの、雪ノ下の視線はクレーンゲームに釘付けになっている。あ、いやよく見てみると違う。雪ノ下の視線を追ってみるとただ一台のクレーンゲームだけを見ているようだ。

その台には見覚えのあるぬいぐるみが入っている。

この世界の闇を見透かしてきたような仄暗い瞳、竹も獣も切り裂くであろう爪、ライトアップの具合でてらてらと不気味に光る鋭い牙。

もちろん、パンダのパンさんである。こんだけ迫力があったらさん付けされるのも納得。

「……やってみるか？」

「結構よ。別にゲームがしたいわけではないもの」

（訳：ただぬいぐるみが欲しいだけだもの）

俺は変なコンニャクでも食ったんじゃないだろうかというくらい、雪ノ下の言わんとすることを翻訳しながら会話を続ける。

「まぁ、欲しいならやればいいんじゃねぇの。やったところで取れないと思うけど」

「あら、なかなか挑戦的な物言いね？　私を見くびっているのかしら？」

かっちーんと来たのか、雪ノ下がいつもの冷気を放出し始める。

「いや、別にお前の腕がどうこうじゃなくて、慣れないと難しいんだよ、こういうのは。小町なんて毎度毎度やるが一度も取れた試しがない」

もうほとんど貯金箱状態で小銭を入れ続ける姿は憐れですらあった。

が、小町を引き合いに出したところで雪ノ下の負けず嫌いが引っ込むかと言うと、そんなわけはなく、雪ノ下は千円札を両替機に突っ込んだ。

「なら、慣れればいいだけでしょう」

そう言ってコイン投入口の横に百円玉を積む連コ態勢に入っていた。

百円玉を入れると。「ふええ……」と間抜けな機械音がする。

雪ノ下は何かを見定めるかの如くひたすら見に徹し、動かない。

「…………」

表情は真剣そのもので、気迫が伴ってすらいる。

こいつ……、もしや……。

操作の仕方がわからないのでは……。

「右側のボタンで左右に動かして、左側のボタンが前後な。押している間だけ動く。ボタンから指を離せば止まる」

「そ、そう……ありがとう」

かあっと顔を赤くしながら、雪ノ下はゲームをスタートする。まずはクレーンを右方向へ移動させて……、うん、まぁ、そんなもんじゃないの。そして、今度は奥へと動かす。うむ、なかなかの位置だと思う。

そして、クレーンは「ふええ……」と言いながらぬいぐるみを掴みあげようとした。な、なんだこのクレーン、なんか鳴き声可愛いな……。

「…………もらった」

極々小さな声が聞こえた。ふと雪ノ下を見ればぎゅっと拳を握って、うしっと微かに動かしている。

だが、クレーンちゃんは「ふえぇ……」と言って、ぬいぐるみをぽろっと取り落とすと、そのまま所定の位置へと戻り、うんともすんとも言わなくなった。

失敗。

「な、最初のうちは難しいだろ？」

俺が慰めるつもりで言うと、雪ノ下はクレーンちゃんを思いっきり睨みつけていた。

「……ちょっと、今、完全に摑んでいたでしょう？　どうしたらあそこで外れるのかしら？」

まるで普段俺に対して行うように、雪ノ下はクレーンちゃんに詰め寄る。あまりの迫力に俺のほうが日和ってしまった。怖いです怖いです。

「ま、まぁほら、今のでちょっと取りやすい位置に来たんだし。これのコツはちょっとずつ移動することらしいぞ」

と、筐体に書いてあるアドバイスをそのまま読み上げる。

「なるほど……。固定力が弱いぶん、回数で補うのね」

納得顔で再び百円玉を投入。

ふええ……。

「……くっ、また」

ふえぇぇ、ふぇぇぇぇぇ。

「この、いい加減に……」

ふええ……。

「っ！　……」

声だけ聞いてると、雪ノ下がクレーンちゃんを虐めているようにしか聞こえない。

雪ノ下は表情こそ冷静だが、手元は迅速にコインを投入していた。まだやんのかよ……。

この調子だと何回やっても駄目そうだ。

「……お前、へったくそだな」

「なっ……。そこまで言うなら、あなたは相当うまいのでしょうね？」

雪ノ下がきっとこっちをねめつけながら言う。なので、俺は自信満々に言い返してやった。

「ああ、小町にせがまれて昔よくやってたからな。おかげでうまくなったんだよ、小町が、俺におねだりするのが……」

「そっちなのね……」

ほんと、俺はいつから小町にいいようにあしらわれるようになってしまったのだろうか……。兄の威厳とかゼロに等しかった。

「ちょっとどいてみ。俺が確実に手に入れてやるよ」

俺が言うと、雪ノ下は疑り深い目ながらも渋々場所を空ける。

「さて、では俺のウルテクを見せてやろう」

そして俺はおもむろに右手を高々と掲げる。まっすぐ、ピンと伸ばした。

雪ノ下が、これから何が始まるのだろうと期待に満ちた目で俺の手を見る。

まだだ……、まだ……。一番大事なのはタイミングだ。

そして、すっと動く影を視界の端に捉えた。

ここだ！

「あ、あのー、すんません。これ欲しいんすけど……」

「はーい、こちらのパンダのパンさんでよろしいですか？　では、行きますよー」

ふええ……とクレーンちゃんが泣き、ごとっと落ちる音がした。

「はい、どーぞ」

爽（さわ）やかな笑みとともに、パンさんを差し出してくれるゲーセンコーナーのお姉（ねえ）さん。最近、よくある『代わりに取ってくれるサービス』である。

「あ、どーも」

お礼を言うと、お姉さんは素敵スマイル全開で笑顔を返して去って行った。

一方、隣の雪ノ下はと言うと、いつも以上に不機嫌な表情で俺を見ている。

「な、なんだよ……」

「いえ……、生きていて恥ずかしくないのかしら、と疑問に思っただけよ」

「いいか、雪ノ下。生きているというのは何よりも尊（とうと）いんだ。それを恥ずかしく思うだなんてそのほうが恥ずかしいんだぞ？　だから、俺のことを見て『はっずかし～ぷっくっすくす』とか笑っちゃう奴らに生きる価値とかないよな」

「いい台詞の後に余計な憎悪が滲み出ているわ……」

雪ノ下は呆れたように髪を掻き上げると短いため息を吐く。

「まったく……たまに真面目な顔をしたかと思ったらこんな手を使うなんて……」

「別に俺は取ってやるとは言ってない。手に入れてやると言っただけだ。ほれ、やるよ」

俺はパンさんを雪ノ下に押し付ける。だが、雪ノ下はそれを押し返してきた。

「これを手に入れたのはあなたでしょう。たとえそれがどんなに認めたくない手段だったとしても、あなたの功績は認められるべきだわ」

こんな些細なことでも雪ノ下は筋を通そうとする。真面目というか、頑固というか、ああ、違うな、これは偏屈というやつだろう。

だが、偏屈ぶりで負ける俺ではない。

「いや、俺、これいらんし。ていうかお前の金でやったし。対価を支払ったのはお前だ。なら、それを受け取る義務がお前にはある」

そう言うと、雪ノ下の押し返してくる力が弱まり、ぬいぐるみはぽすっと雪ノ下の腕の中に納まった。

「……そ、そう」

雪ノ下は自分が抱き留めたぬいぐるみに視線を落とす。そして、ちらっと俺を見た。

「…………。返さないわよ」

「いらんって」

そんな凶悪そうなぬいぐるみ誰が欲しがるんだっつーの。

それに、そんなふうに大事そうに抱きかかえられちまったら返せなんて言えねぇよ。可愛いとこもあるじゃねぇの。もっと冷血だと思ってたぜ。

と、俺が微笑み混じりで見ていたのに気づいたんだろう。少し照れたように顔を背ける雪ノ下、その頰がわずかに朱に染まっている。

「……似合わないかしら。こういうのは由比ヶ浜さんや戸塚くんのほうがイメージに合うものね」

「前者はともかく後者は同意だ」

戸塚とぬいぐるみなんて、あんぱんと牛乳くらいのベストマッチじゃねぇか。

「まぁ、お前がぬいぐるみ好きってのは正直意外だな」

俺はついぶっちゃけて言ってしまったが、雪ノ下は別段怒るでもなく、ただパンさんをゆっくりと撫でているだけだ。

「……他のぬいぐるみにはあまり興味がないのだけれど、このパンダのパンさんだけは好きなのよ」

雪ノ下はぬいぐるみの腕を取ってちょこまかと動かす。そのたびにパンさんの爪がぎちぎちと恐ろしげな音を立てていた。

　音さえ気にしなければ、構図としては非常に可愛らしい。

「昔からぬいぐるみとかグッズは集めているのだけれど、一般流通と違ってプライズ商品は自分で取るしかなくて困っていたのよね。ネットオークションも考えたのだけれどオークションに出品されるものは保存状態も気になるし、掲出されている写真だって加工できてしまうからなかなか決心がつかなかったのだけれど……」

　り、理由が全然可愛くねぇ……。

　思わずため息が出てしまった。

「に、してもお前本当に好きなんだな、パンさん」

　無駄なマニアぶりを見せつけられて、なんの気なしに口を突いて出た言葉だった。それを聞いて雪ノ下はふと遠い目をした。

「……ええ。小さい頃にもらったのよ」

「ぬいぐるみを？」

「いいえ、原作の原書よ」

「は？　あれ、原作なんてあんの？」

　意外だったあまり、聞いてしまった。だが、これが間違いだったのである。

　次の瞬間、雪ノ下はトランス状態にでもなったかのように、まくしたて始めた。

「パンダのパンさん、原題は『ハロー、ミスターパンダ』。改題前のタイトルは『パンダズガーデン』。アメリカの生物学者だったランド・マッキントッシュがパンダの研究のために家族総出で中国へ渡った際、新しい環境になかなか馴染めなかった息子のために書いたのが始まりだと言われているわ」

「……でたな、ユキペディアさん」

俺が半ば引き気味に茶々を入れても雪ノ下はまったく意に介さず、話を続ける。

「よりキャラクターを強調し、デフォルメされたディスティニー版が有名だけれど、原作も素敵よ。西洋と東洋の文化双方のメタファーを込めながらもきちんと一つの物語に落とし込んでいく手腕は冴えていたわ。何より、息子への愛情とメッセージが随所に感じられるの」

「え、あれそういう話なのか？　てっきり、『笹、笹いっぱい食べたいなぁ』って四六時中言って、いざ笹食うと酔って酔拳するだけだと思ってたわ」

「……確かに、ディスティニー版ではそうした一面が強められているからなんとも言えないけれど、そういう箇所は原作ではごく一部よ。一度読んでみるとわかるわ。翻訳もなかなかの出来栄えだけれど、やっぱり原書で読むのがお勧めね」

雪ノ下は実に楽しそうに語る。

ああ、こういうの俺にも覚えがあるなぁ。好きなものを語る時ってこうなるよな。俺も中学のとき、仲良くなれそうだった奴に好きなマンガの話を延々二〇分して引かれたわ。そのうち、「比企谷は普段しゃべらないのに、マンガの話のときだけやたらしゃべるよな。ちょっと……アレだわ」とか言われて軽く死にたくなったもんだ。

けど、こうやって好きなものを好きに語れるっていうのはいいと思う。たとえ、それが一般的でなくても、大衆受けしなくても。

自分が大好きなものをとるか、自分のことなんて別に好きでもない連中と仲良くすることをとるかなんて、考えるまでもない。

まぁ、だからといって原書を読めと勧められても困る。禁書なら読むんだけど。

「というか、お前小さい頃から英語できたんだな」

「まさか。読めないわよ。でも、だからこそ読みたくて辞書を首っぴきで読んだわ。パズルみたいで楽しかった」

雪ノ下は遥か昔を懐かしむように、優しげな瞳をしていた。

そして、小さな声で囁くように呟いた。

「……誕生日プレゼント、だったのよ。そのせいで一層愛着があるのかもしれないわ。……だ、だから、その」

雪ノ下は恥ずかしそうにぽふっとぬいぐるみに顔をうずめて、表情を隠しながら俺に視線を向ける。

「その……取ってもらえて、」

「あれー？　雪乃(ゆきの)ちゃん？　あ、やっぱり雪乃ちゃんだ！」

無遠慮な声が雪ノ下の言葉を遮(さえぎ)った。

なんだか聞き覚えのあるような、誰かによく似た声の主(ぬし)を見つけ出して俺は絶句した。

艶(つや)やかな黒髪、きめ細かく透き通るような白い肌、そして、整った端正な顔立ち。輝きを放つような類(たぐ)い稀(まれ)なる容姿は清楚(せいそ)さを漂わせながらも、人懐(ひとなつ)っこい笑みのおかげで華やかさが加わっていた。

目の前にいるのはとんでもない美人だった。その美人は友達と遊びに来ていたのだろうか、後ろにわらわらといた男女数名に「ごめん、先行って」と拝んで謝るような仕草を送る。

既視感が俺を襲(おそ)ってくる。だが、それより何より、違和感が俺を苛(さいな)んだ。

「姉(ねえ)さん……」

さっきまでの無防備な表情とは打って変わって慄然(りつぜん)とした様子の雪ノ下の声に振り向くと、雪ノ下はぬいぐるみをぎゅっと強く抱きしめ、肩を強(こわ)ばらせていた。

「は？　姉さん？　は？」

俺は目の前の女性と雪ノ下を見比べる。

女性の年のころは、二〇歳とかそこらだろうか。

白を基調とし、ひらひらのレースで縁取(ふちど)られた柔らかめな服装ながら、腕と脚はその肌の美しさを強調するように伸びている。露出は多いが、不思議と全体には上品さがあった。

確かに雪ノ下と似ている。雪ノ下がソリッドな美しさだとすれば、目の前の女性はリキッドな魅力に溢れていた。

「こんなところでどうしたの？　──あ！　デートか！　デートだなっ！　このこのっ！」

「…………」

雪ノ下姉はうりうり～と雪ノ下を肘でつついて、からかい始めた。が、雪ノ下は冷めきった表情で鬱陶しそうにしているだけだ。

ふむ。見た目こそ似ているが、だいぶ性格は違うらしい。

よくよく落ち着いて見てみると、似ていない部分もいくつかある。

まず、胸。慎ましい雪ノ下と違い、姉のほうはいい感じに豊かだった。スレンダーと美乳が合わさって最強に見える。

そうか！　違和感の正体は胸の大きさか！　あ、いや、それだけじゃないんだけど。

「ねぇねぇ、あれ雪乃ちゃんの彼氏？　彼氏？」

「……違うわ。同級生よ」

「まったまたぁ！　別に照れなくてもいいのにっ！」

「…………」

うお、雪ノ下が姉を超睨みつけてる……。すげぇ怖いのに、姉のほうはニヤニヤ笑って受け流してるし。

「雪乃ちゃんの姉、陽乃です。雪乃ちゃんと仲良くしてあげてね」

「はぁ。比企谷です」

名乗られたので名乗り返す。どうやら姉の名は雪ノ下陽乃という名前らしい。ちぃ覚えた。

陽乃さんは一瞬だけ考えるような間を取り、俺の爪先からてっぺんまでざっと流し見た。その刹那ぞっとするほどの寒気が襲いかかってくる。金縛りにあったように動けない。

「比企谷……。へぇ……」

「比企谷くんね。うん、よろしくね♪」

が、陽乃さんがにっこりと微笑むとそれも解ける。なんだ、今の……。あれか、美人に見つめられて緊張したせいか。

陽乃さんは名前の如く明るく朗らかな人だ。雪ノ下と顔が似ているのに印象はだいぶ違う。冷めたイメージの強い雪ノ下と違い、姉のほうはころころと表情を変える。笑顔ってこんなにバリエーションあんのかよ。

パーツは同じでもその使い方で与える印象がこうも違うのかと感心してしまった。

似てない理由に納得はいったものの、まだ何か釈然としない違和感が俺の背筋を撫でていた。たぶん違和感の正体はこれではないのだ。

俺が訝しげな視線を陽乃さんに向けていると、陽乃さんは一瞬だけ俺と目を合わせてすぐにその視線を雪ノ下へ動かした。

「あ、それ。パンダのパンさんじゃない？」

弾んだ声と一緒に、陽乃さんの手がぬいぐるみへと伸びた。

「わたし、これ好きなんだよねー！　いいなーふわっふわだなぁ雪乃ちゃん羨（うらや）まし」

「触らないで」

びりっと耳の奥が痺（しび）れるような強い声だった。特別大きな声というわけではない。ただそこにありありと込められた拒絶が痛々しいほどによく響いた。

陽乃さんもそれは同様なのか、先ほどと変わらない笑顔を凍りつかせている。

「……。わ、わぁびっくりした。ご、ごめんね雪乃ちゃん、そ、そっか彼氏さんからのプレゼントだったのかな、お姉（ねえ）ちゃんちょっと無神経だった」

「いや、彼氏じゃないすけど」

「お、君もムキになっちゃってぇ。雪乃ちゃんを泣かせたりしたらお姉ちゃん許さないぞっ」

陽乃さんは「めっ！」と俺を窘（たしな）めるように人差し指を立てると、それを俺の頰（ほお）に押し当ててぐりぐりとしてきた痛たたっ。ちょっ、痛ぇっつーの、近い、近い近いいい匂い！

対人距離でその人間のコミュ力は図ることができる。これだけ近い位置まで寄ってくる陽乃さんは恐ろしいくらいのコミュ力の持ち主ということだ。

「姉さん。もういいかしら。特に用がないなら私たちはもう行くけれど」

そう雪ノ下が言っても陽乃さんは聞く耳持たず、俺にうりうりし続ける。

「ほれほれ言っちゃえよー！　二人はいつから付き合ってるんですかー？」

「ちょ、マジやめてくださいっつーの！」

人差し指でのぐりぐり攻撃は執拗に続けられ、気づけば俺と陽乃さんはぴったりくっついていたりする。ていうか、これ当たってる！　あ、離れた！　また当たった！　さっきからおっぱいがヒット・アンド・アウェイ！　やべー、このおっぱいモハメド・アリだよ……。

「……姉さん、いい加減にしてちょうだい」

地を這うような低い声が聞こえる。雪ノ下は苛立ちを隠そうともせず、すっと髪を掻き上げると、陽乃さんに侮蔑の視線を突き立てた。

「あ……ごめんね、雪乃ちゃん。お姉ちゃん、ちょっと調子乗りすぎた、かも」

申し訳なさそうに、力なく笑う陽乃さん。天真爛漫な姉と神経質な妹、みたいな構図だ。

そして、陽乃さんはこそっと俺に耳打ちをする。だから、近いっての。

「ごめんね？　雪乃ちゃん、繊細な性格の子だから。……だから、比企谷くんがちゃんと気をつけてあげてね」

このとき、決定的な違和感に襲われた。俺は思わず、ばっとその場で仰け反ってしまう。

すると、陽乃さんにはそれが意外な行動だったのか、陽乃さんは上半身ごと右に傾け、目を瞑ってうーん？　と考える。それは近くにいた男性が一瞬気を取られてしまうようなくらい可愛らしい仕草だ。

「わたし、今嫌がられるようなことしちゃったかな？　だったら、ごめんね」

ちろっと桜色の舌を出して陽乃さんが謝る。その庇護欲をそそる姿に急速に罪悪感が襲ってきた。何か言い訳しなければ！

「あ、いや別にそんなんじゃ、ほら、その、俺耳弱いんで」

「比企谷くん、初対面の女性に性癖を晒すのはやめなさい、訴えられても文句言えないわよ」

雪ノ下は頭痛でもするのか、そっと額を押さえている。

陽乃さんはといえば、あのにこにことした笑みを取り戻していた。

「あは♪　比企谷くん、すっごいおもしろーい！」

何がツボにはまったのかさっぱりわからないが、陽乃さんは爆笑して俺の背中をぱんぱん叩いてくる。だから近いっつーの。

「あ、そうだ。比企谷くん。よかったらお茶して行かない？　お姉ちゃんとしては雪乃ちゃんの彼氏にふさわしいか、よく知っておかないといけないのです」

陽乃さんは、むん、と胸を張るような姿勢をとって軽くウインクしてきた。

「……しつこい。ただの同級生だと言っているでしょう」

極北のブリザードのような、苛烈で刺々しい声がした。陽乃さんの冗談めいた語調など一蹴する排斥の声音。雪ノ下雪乃の放つ、絶対の拒絶。

だが、陽乃さんは今度はにやっと笑ってそれを跳ね除けた。

「だって、雪乃ちゃんが誰かとおでかけするのなんて初めて見たんだもん。そしたら彼氏だって思うじゃない？　それが嬉しくて」

くすくす、と陽乃さんはおかしそうに笑った。

「せっかくの青春、楽しまなきゃね！　あ、でもハメ外しちゃだめだぞ？」

陽乃さんは冗談めかすように、腰に左手を当て前にかかがむと、右手の人差し指を立てて注意した。そのまま雪ノ下の耳元に顔を近づけると、小さく囁く。

「一人暮らしのことだって、お母さんまだ怒ってるんだから」

その「お母さん」という単語が出た瞬間、雪ノ下の身体が強張った。

場にわずかな沈黙が降りる。騒がしかったはずのゲームコーナーでさえ引き潮のように音が小さくなっていく錯覚すらした。

一瞬の間を置き、雪ノ下は確かめるようにぬいぐるみを抱く。

「……別に、姉さんには関係のないことよ」

正面を向けず、地面に向かって話すように雪ノ下はしゃべる。いつだって真っ向から立ち向かってきた雪ノ下雪乃が。誰にも屈せず下を向いたことなどない雪ノ下雪乃が。

それは俺にとって軽く衝撃を受ける光景だった。一人で勝手に落ち込むようなところはある奴だが、誰かと相対して膝を折った姿など見たことがない。

ふっと、口元だけで陽乃さんが笑う。

「そっか、そうだね。お姉ちゃんには関係ないね」

そう言うと、陽乃さんはぱっとその場から飛び退くようにして離れた。

「雪乃ちゃんがちゃんと考えてるならそれでいいんだ。余計なお世話だったかな。ごめんごめん」

へへっと誤魔化すような笑みを浮かべてから陽乃さんは俺に向き直る。

「比企谷くん。雪乃ちゃんの彼氏になったら改めてお茶、行こうね。じゃ、またね！」

最後にぱあっと華やぐような笑顔を浮かべて、陽乃さんはばいばいと胸の前で小さく手を振った。そしててとてとと去っていく。

彼女が放つ輝きは本物なのか、目を逸らすことができず、結局俺は陽乃さんが完全に見えなくなるまで見送ってしまった。

そして、俺たちもどちらからともなく歩き始めた。

「お前の姉ちゃん、すげぇな……」

思わずそう漏らすと、雪ノ下が頷く。

「姉に会った人は皆そう言うわね」

「だろうな、わかるわ」

「ええ。容姿端麗、成績最高、文武両道、多芸多才、そのうえ温厚篤実……およそ人間としてあれほど完璧な存在もいないでしょう。誰もがあの人を褒めそやす……」

「はぁ？　そんなのお前も大して変わらんだろ。遠まわしな自慢か」

俺がそう言うと、雪ノ下(ゆきのした)はぽかんとした顔で俺をふり仰(あお)ぐ。

「……え？」

「俺がすげぇっつってんのはあの、何？　強化外骨格みてぇな外面(そとづら)のことだよ」

強化外骨格、いやモビルスーツと言ってもいい。とにかく、俺が雪ノ下陽乃(はるの)に感じた違和感はそれだ。纏(まと)っている、という表現がもっとも的確だろう。

「お前の姉(ねえ)ちゃんの行動、モテない男子の理想みたいな女だよな。気軽に話ができて、人当たりが良くて、いつもにこにこしていて、俺とも普通に話そうとして、あと、その……スキンシップが過剰というか、感触が柔らかいというか」

「この男、最低なことを言っている自覚はあるのかしら……」

「ば、ばか！　お前、あれだ、手だよ手！　手の感触！」

言い訳したものの、雪ノ下は俺への軽蔑(けいべつ)の視線を緩(ゆる)めようとはしなかった。それを誤魔化(ごまか)すように俺はより大きな声を張る。

「理想は理想だ。現実じゃない。だからどこか嘘臭(うそくさ)い」

おそらく、非モテぼっちほどのリアリストはいないだろう。

非モテ三原則【（希望を）持たず、（心の隙を）作らず、（甘い話を）持ち込ませず】を心に刻んで生きているのだ。現実という最強の敵と日夜戦い続けるパーフェクトソルジャーは安い詐術に引っかかったりしない。

世にいわゆる「いい女」というのはいても、「都合のいい女」というのはいないのである。

——比企谷八幡

ちょっと名言っぽいことを思いついたので、名言風に心に刻んだ。

雪ノ下が真剣な眼差しで俺の目を見る。

「……腐った目でも、いえ腐った目だから見抜けることが、あるのね……」

「お前、それ褒めてるの？」

「褒めてるわよ。絶賛したわ」

まったくそんな雰囲気はなかったと思うが……。

雪ノ下は不機嫌そうに腕を組むと、少し遠い目をする。

「あなたの言う通り、あれは姉の外面よ。私の家のこと、知ってるでしょ？　仕事柄、長女である姉は挨拶回りやパーティーに連れ回されていたのよ。その結果できたのがあの仮面……よくわかったわね」

「ああ、親父に教えられてるんだ。うさん臭いギャラリーで絵売ってるお姉さんみたいな人には気をつけろってな。初対面の相手に対してやけに距離が近い相手には警戒するようにしてんだよ。昔、親父がそれで騙されてローン組まされてたし」

その後、うちの母親に死ぬほど怒られたらしい。

ともあれ、その英才教育の甲斐あってか俺は今までそうしたものに騙された経験はない。これからも騙されることはたぶんないと思う。

話してみると雪ノ下は短いため息を吐いてこめかみのあたりに手をやった。

「はぁ……。馬鹿な理由ね。姉もまさかそんな理由で気づかれたなんて思ってもいないでしょうね」

呆れかえられてしまったが、別にそれだけが理由ってわけじゃない。

「それにさ、お前と顔が似てるのに、笑った顔が全然違うだろ」

俺は本物の笑顔を知っている。媚びたり、騙したり、誤魔化したりしない、本物を。

言うと、雪ノ下は歩調を上げて、俺よりも数歩先んじた。

「っ……、馬鹿な理由ね」

そして、くるりと振り返る。普段と変わらぬ少し冷めた表情。

「……帰りましょうか」

雪ノ下が小さな声で言い、俺は頷く。

それから俺たちは、一言も交わさずに家路へと着いた。

俺から雪ノ下に何かを聞くこともないし、雪ノ下が俺に何かを話す素振りもない。たぶん、聞くべきこと話すべきことはあるんだろう。

だが、お互いに踏み込まない、いつもの俺たちの距離感を選んだ。それこそただ電車で隣に座った人同士のような無機質な時間が過ぎる。

降りる駅に着くと、雪ノ下が先に席を立った。俺も後に続く。

改札を抜けた先で、雪ノ下が一瞬立ち止まった。

「私、こっちだから」

そう言って南口を指さす。

「ああ。じゃあ」

そう答えて俺も北口へ向かおうとした。

その背中に小さく声をかけられる。

「今日は楽しかったわ。それじゃ」

思わず自分の耳を疑ってしまった。急いで振り返ると、雪ノ下はもう歩き出している。こちらを振り返る素振りも見せない。

結局、俺は雪ノ下が完全に見えなくなるまで見送ってしまった。

じゃあさ、結衣さんは
どんなこと話すの?

うん、会話ね会話

二人、仲良いもんね

おお!?

……だめだなぁ。
みんなに優しい女の子なんていないよ?
女の子をもっと信じなきゃ! 女の子は利益がある人間
にしか優しくしないんだからねっ!

そうだなー。
ビッチ、とか

会話かあ。
でも、あいつ基本
雪ノ下と話してるか
らな。俺はいつも聞
いてるだけってのが
多いぞ

そうそう。
でも、まぁいい奴
だとは思うぜ

みんなに優しいしな。
逆にそれが今一つ信じきれない部分だけど

最後のセリフのせい
で信じる気ゼロにな
ったんだか……

5 それでも材木座義輝は荒野に一人、慟哭す。

月曜日。英語でいうとＭＯＮＤＡＹ。つづりの覚え方はモンデーだ。なんとなくエロエロしいのでハッピーな曜日かというとそんなわけがなく、「また一週間学校か……」と思うだけでため息がこぼれ出る。わりとリアルに学校休みたいのだが、ノートやプリントを代わりにとっておいてくれる存在がいるわけでなし。必然的に出席率は上がる。

お金を払って通っている学校ですら休みたいのだから、無料で行ってる会社なんていくらでも休んでしまいそうである。いや、むしろ休むことで周りに迷惑をかけたくないので、初めから働かないという選択肢を選びたい。

それにしても、リア充は「やっべガッコマジだりぃ。うは！　夏休み中に教科書失くしたし！」とか言いながらなんであいつらあんなに学校大好きなの？　毎日来るよね。心にもないことを言うのがリア充なのだろうか。つまり、嘘(うそ)つきはリア充の始まりである。

朝のＨＲ(ホームルーム)ぎりぎり、喧噪(けんそう)にまぎれて教室に入った。

教室にはいくつものコロニーが形成されている。男女混合一軍リア充、女子にちょっかいかけたい二軍リア充、部活やってるけど別にレギュラーじゃないスポルツメン、オタク集団、中

堅どころ女子、おとなしめ女子。そして、ぼっちがぽつぽつ数名。そして、このぼっちにも数タイプあるのだが、……それはまぁいいや。

俺が教室に入っても皆、おしゃべりに夢中で特に誰も気付かない。いや、気付かないという表現は少し違うか。気にしない、というのが正しい。

教室内にできているいくつかの島の間を縫うようにして、俺は自分の席へと移動する。

近くには一軍リア充とオタク集団がいる。

集団になるといちいちイラッとくる彼らだが、早く来すぎてしまったときなんかは「ぼくの仲間はまだかな……」とそわそわ携帯をいじっていたり髪を掻き上げるふりをして教室の扉をちらっと見たりする姿はちょっと可愛げがある。

彼らの仲間意識というのは相当なもので、自分の群れ以外とはあまり話さない。単独行動時に他の群れに交じろうとしない。それを考えると結構排他的であり差別的だ。

つまり、逆説的にぼっちマジ博愛主義者。何も愛さないということはすべてを愛することに等しい。やべぇ、マザー比企谷と呼ばれるのも時間の問題だろこれ。

着席し、まずはぼーっとする。なんとなく自分の手を見て「そういや爪ちょっと伸びてきたな」とか「あれ、俺の生命線短くなってね」とかどうでもいい思考が次から次に湧いてくるから退屈はしない。時間を無駄に消費することに関しては自信がある。

なんという無駄スキル……。

そうした数々の無駄スキルを総動員していたら、いつの間にか授業が終わり、放課後だった。極めすぎてスタンド能力に目覚めたのかと思った。

×　×　×

俺はさくっと帰り支度をして立ち上がる。

今日も隣の席の女子とは一言も話さなかった。日本の英語教育がなかなかうまくいかないのは、授業中ペアで会話をやらせようとするからではないだろうか。

奉仕部の部室へ行くと、俺より先に教室を出ていた由比ヶ浜が既にいた。といっても、中にいたわけではなく、扉の前に立ってすーはーと深呼吸をしている。

「……なにしてんだ、お前」

「うひゃあ！　……あ、ヒ、ヒッキー。や、やーその、なに？　空気がおいしかったから、というか……」

気まずそうに視線を逸らす由比ヶ浜。

「…………」

「…………」

二人して沈黙。

パタパタ

お互い視線を合わさぬよう、そっと顔を伏せる。と、部室の扉がほんのわずか開いているのが視界に入った。そこから覗（のぞ）き込むと、雪ノ下（ゆきのした）がいつもの場所で同じように本を読んでいた。どうやら由比ヶ浜（ゆいがはま）は中に入るのをためらっていたらしい。

無理もない。一週間もいなかったのだ。

学校でもアルバイトでも急に休んでしまうと次にどんな顔をして行ったらいいかわからないものだ。俺もバイトをつい出来心でサボったら、あまりの気まずさに二度と行かなかったという経験が三回ほどある。いや、一度も行かなかったのも含めれば五回かな。

だから、今の由比ヶ浜の気持ちはよくわかった。

「ほれ、行くぞ」

だから、半ば強引に連れて行く。わざと大きな音で扉を開き、その存在をアピールする。

大きな音にイラッとしたのか、雪ノ下がぱっと顔を上げた。

「由比ヶ浜さん……」

「や、やほー。ゆきのん……」

弱々しく手を挙げて由比ヶ浜がわざとらしく明るい声で答えると、雪ノ下はさも何事もなかったかのように本へと視線を戻した。

「いつまでもそんなところにいないで早く入りなさい。部活、始まってるのよ」

本人は下を向いて隠しているつもりなのだろう。だが、傍目（はため）にもわかるほどに頬（ほお）が紅潮している。それにその言い方、お前、家出した子供が帰ってきたときの母ちゃんかよ……。

「う、うん……」

返事をして由比ヶ浜はいつもの席、雪ノ下の隣の椅子を引いた。だが、引かれた椅子は距離が開けられ、雪ノ下との間にはもう一人分くらいの隙間がある。

俺もまたいつもの席、雪ノ下の対角線上に陣取った。

いつもなら携帯電話を弄っている由比ヶ浜は椅子にやや浅く腰掛け、両手は膝の上で固まっている。雪ノ下は由比ヶ浜のことを意識しまいとするあまり、逆に意識してしまっているのか、さっきから微動だにしない。

だらだらとした心地よい静寂ではなく、緊張感のある沈黙だ。自分が身を捩って立てた物音でさえ酷く気にかかる。わずかな咳払いさえ反響し、ゆっくりと一秒一秒刻む秒針の音が耳に残り続けた。

誰も口を開かない。けれど、三人とも人が話を切り出そうとする挙動は見逃すまいと、耳を澄ませていた。誰かがため息を吐くと、即座にこそっと窺ってしまう。

沈黙長ぇな……と思って腕時計を見るがまだ三分も経っていない。なんだよ、これ。精神と時の部屋かよ。重力も気圧もぐぐっとかかっているようですらある。

ちくたくと動く秒針を見つめ、それがちゃんと一周していることを確認したとき、小さな声音が響いた。

「由比ヶ浜さん」

雪ノ下はそれまで読んでいた本をぱたりと閉じると、肩が動くほどに大きく息を吸い込み、それをゆっくりと吐き出す。

そっと由比ヶ浜に向き直ると、何かを言い出そうと口を開く。が、声は出てこない。由比ヶ浜は身体こそ雪ノ下へと向けたが、視線は合わさず、床へと向けられていた。

「あ、あーっと……。ゆ、ゆきのんと……ヒッキーのことで話がある、んだよね」

「ええ、私たちの今後のことであなたに話を、」

雪ノ下が言いかけたのを遮るように由比ヶ浜が割り込む。

「や、やー、あたしのことなら全然気にしないでいいのに。や、そりゃ確かに驚いたというか、その、ちょっとびっくりしたっていうか……。でも、そんな全然気を遣ってもらわなくても大丈夫だよ？　むしろ、いいことだからお祝いとか祝福とか、そんな感じだし……」

「よ、よくわかったわね……。そのお祝いをきちんとしたかったの。それに、あなたには、感謝、しているから」

「や、やだなー……感謝されるようなこと、あたししてないよ……。何も、してない」

「自覚がないのはあなたらしいわね。それでも、私は感謝してる……。それに、こうしたお祝いは本人が何かをしたから行われるものではないでしょう。純粋に私がそうしたいだけよ」

「……………う、うん」

何か微妙に会話がかみ合っていないような……。

キーワードだけが先行してお互い勝手に脳内補完して進んでいる。曖昧な態度と言葉で誤魔化している由比ヶ浜と、照れ隠しで思わせぶりに話す雪ノ下の会話はちぐはぐで、雰囲気だけで成立していた。

普段伝えられていない感謝の気持ちを訥々と語る雪ノ下は頰を染めて気恥ずかしそうだ。対して、由比ヶ浜は雪ノ下のその表情を見るたびに少しずつ表情が暗くなり、それを誤魔化すように時折無理に笑顔を作る。細めた瞳が潤んでいた。

「だ、だから……その」

雪ノ下が何か言いかけてから少し黙る。

探り探り、恐る恐る、おっかなびっくり、そんな表現が似合うような僅かな時間が過ぎる。

それは秒に換算して十秒もなかっただろうが、再び口を開くには充分すぎるほどに重い沈黙。三人が三人とも違うところを見つめながら、微妙な雰囲気をやり過ごそうとしている。

「あ、あの……」

由比ヶ浜が思い切るように口を開いた。そのときだ。ダンダン！　と焦ったようなノックが静かな教室に響き渡った。雪ノ下がそっと本を閉じて、扉に向け声をかける。

「どうぞ」

だが、扉の向こうから返事はない。ただ、荒い息遣いに混じって、ふしゅるるるーという嘶きのような声が聞こえるだけだ。

俺と雪ノ下は顔を見合わせる。そして、こくっと雪ノ下が頷いた。どうやら俺に見に行けということらしい。自分で行けよ……とも一瞬思ったが、あの不気味な呼吸音の正体を女子に探らせるのは気が引ける。

ドアに向かって一歩進むたび、謎の呼吸音との距離も詰まってくる。この静かな部室の中で、奏でることを許された音は僅かに二つ。俺の足音と、あの息遣い。

扉の前に辿りついたとき、ごくっと俺の喉が鳴った。この薄い板一枚隔てたところに、正体不明の存在がいるかと思うと嫌でも緊張する。

ドアに手をかけ、恐々と開く。

すると、その隙間をこじ開けるようにして、黒い大きな影がぬっと伸びてきた。

「うおーん！　ハチえもーん！」

「材木座か……。っつーか、その呼び方やめろ」

影の正体は材木座義輝。六月も半ばを過ぎたというのに黒いコートに身を包み、あまりの暑さにふうふう肩で息をしながら俺の肩をがしっと摑んできた。

「ハチえもん、聞いてよ！　あいつらひどいんだよ！」

その呼び方はやめろと言ったにもかかわらず、そんなことにはお構いなしで材木座は話を続けようとする。こいつ……。イラッときたので、ぐいぐいと材木座を押し出すことにした。

「悪いな材木座。この奉仕部は三人用なんだ。な、ジャイアン？」

「なぜ私を見るのかしら……」

雪ノ下は怪訝な顔で俺を睨んでくるが、それはとりあえず置いておくとして。

「おい、待て八幡。ふざけてる場合ではない。ハチえもんが気に入らないのなら、忍者ハチトリくんでもいいから我の話を聞け」

「一番ふざけた存在にふざけてるとか言われてしまった……」

ちょっとショックだよ、俺。

「ぬ、今だ！」

俺の一瞬の隙をついて材木座が部室の中に滑り込んでくる。スライディングだけはやけにうまく、ずしゃあっと滑っている。ただし、コートは汚れまくっていた。

「ふぬ、敵影なし、か……。どうやら潜入は成功したようだな」

材木座は周囲を警戒する素振りを見せてそう言うと、その潜入工作員設定はすぐに忘れたのか、普通に近くにあった椅子を引いて座った。やるなら最後までちゃんとやれよ……。

「さて、諸君。今日は諸君らに相談があってまかり越した」

「あまり聞きたくないんだが……」

俺たちは揃って微妙な顔をする。雪ノ下に至ってはもう聞く気はないのか再び読書をしていた。お前切り替え早いな。

しかし、材木座はにやっと笑って片手を挙げ、俺の言葉を制した。仕草がいちいちムカつく。

「まぁ最後まで聞け。先日、我がゲームのシナリオライターを目指していることは言ったな？」

ああ、そういえばそんなこと言ってたな、こいつ。

「ラノ何とかじゃなかったっけ……」

由比ヶ浜が小首を傾げる。

「ぬ……。うむ。話すと長くなるのだが、ラノベ作家は収入が安定しないのでやめた。やはり正社員がいいと思ってな」

「みじけぇ……。二言で終わったぞ。どうでもいいけど、俺の顔見て話すのやめろ」

相変わらず女子と話すのは苦手らしい。材木座はさっきからずっと俺に向かってしか話しかけていない。

部室の中の空気は弛緩していた。いや、むしろ白けきっていたというほうが正しいかもしれない。どっと疲れが押し寄せてくる中、材木座だけが元気だ。

「るふぅ。そのゲームシナリオライターなのだがな……」

「設定やプロットだけなら見ないぞ」

「ばっふんばっふん、そうではない。我の野望を邪魔する輩が現れた。おそらくは我の才能に嫉妬しているのだと思うが……」

「なんだと……」

俺は憤りを感じた。いや、真実怒ったと言ってもいい。

こいつ、今才能あるとかぬかしやがったぞ……。猛りくるって殴ろうかと思ったわ。

「八幡、お主、遊戯部は知っているか？」

「あ？　ユーギなんだって？　王？」

耳慣れない単語だったせいで聞き返してしまう。すると、本を読んでいた雪ノ下がページをめくりながら答える。

「今年創部された新しい部活よ。遊戯全般、エンターテイメントについて研究することを目的にしているようだけれど」

「はぁ、つまりゲーム同好会とかそういうことか」

「そうね、この学校は同好会というのはないから、すべて部活になるけれど。実質的にも規模的にも同好会といったほうがわかりやすいでしょうね」

そんなものがうちの学校にあったのか……。

「で、そのユーギ部がどうしたの？」

遊戯のアクセントが怪しい由比ヶ浜の問いかけに材木座はまたしても間を取った。

「あ……。う、うむ。昨日、我はゲーセンで遊んでいたのだ。で、学校とは違ってゲーセンではそこそこ話ができるからな、格ゲー仲間にゲームシナリオを書くと夢を語ったわけだ」

夢を語ったと綺麗に言っちゃいるが、ただの妄想だしなぁ……聞かされる側も大変だよな。

「その場にいた誰もが我の偉大なる野望に平伏した。頑張れよ、応援してるぜ、さすが剣豪さん俺たちにできないことを平然とやってのけるッそこにシビれる！　あこがれるゥ！　などと賞賛の嵐よ」

お前、そりゃあれだ。誰も本気で言ってねぇよ。ネタ扱いされてんだよ。とはさすがに言えなかった。その場面を思い出してちょっと嬉しそうな材木座を見てるとそれは憚られる。

「だがしかぁし！　その中で一人だけ、我に向かってこともあろうに、むむむ無理と、ゆゆゆゆ夢見てんなと言い出した奴がいたのだ！　我も大人だからその場では『で、ですよねー』と言っておいたが」

かっこ悪い。材木座さん、かっこ悪い。

材木座は思い出して怒りが溢れてきたのか、ふうふうと荒い息を吐く。鞄から2Lペットボトルを取り出すとぐびぐびと飲んで喉の渇きを癒してから、また口を開いた。

「我もそんなことを言われて引き下がれるほど大人ではない！」

「大人なのか大人じゃないのか、どっちなのかしら……」

雪ノ下が呆れたように呟くと、材木座は一瞬ぴくっと恐怖に満ちた表情をするだけにとどめ、話の続きをする。

「なので、きゃつめが帰った後に、あるかな勢千葉コミュでさんざん煽りの書き込みをしてやったわ。ふん、あいつ顔を真っ赤にしていたに違いない」

「おおお……。お前痺れるくらい最低だな……ちょっとかっこいいと思っちゃったぜ」

「ふむ、そしたらどうやらそいつ同じ学校だったみたいでな……。今朝コミュ開いたら、ゲームで決着をつけることになっていたのだ。周囲が煽りに煽ってな……。なぁ、俺ってひょっとして嫌われてるのかな？」

「知らねぇよ……まぁ、ゲームで決着なら健全でいいじゃんか。ばしっと決めてやれば？」

「ははははっ！　それは無理な相談だな。……格ゲーだとむこうのほうが全然強いのだ」

「え？　お前、すげえ得意なんじゃねぇの？」

「それは、まぁ一般人に負けることはまずなかろう。だが、上はいくらでもいる。八幡、お主知ってるか？　一流の格ゲーマーにはプロ契約をしている人だっているのだぞ」

「プロ……。そんなのあんのかよ」

「左様。奥が深く、業も深いのが格ゲーだ。その男もプロというほどの腕前ではないが我よりは確実に強い」

材木座が悔しげに言うと、雪ノ下がぱたりと本を閉じた。

「だいたいわかったわ。つまり、その格ゲーとやらであなたが勝てるように手伝えと言いたいのね」

「否っ！　かっ！　八幡バカッ！　きさん格ゲーばなめちょるのかっ！　そない一朝一夕でどないかなるほど甘いもんやない！　何よりあんさんに格ゲーの何がわかりますのんえ？」

いろんな方言が混じりすぎてもう何を言ってるかぜんぜんわからんのだが、とりあえず怒ってることだけは伝わった。こっちのほうがよっぽど怒りが込み上げているということも伝わってほしい。だいたい俺に言うな。雪ノ下に言え、雪ノ下に。

雪ノ下がゴミを見る目つきで材木座を見ていた。由比ヶ浜は「うわぁ」と結構素でキモがっている。

「じゃけぇ、勝負そのものをなかったことにするか、我が確実に勝てるもので勝負したいんじゃ。だからそういう秘密道具を出してよ、ハチえもん」

「お前のクズっぷりにはさすがの俺も負けるんじゃないかと、ときどき本気で思うぞ……」

クズいことを自分で言うのは別に気にならないが、人が言っているのを聞くと結構引くもんだなぁ……。

てへへっと甘えるように笑う材木座を椅子で殴りつけたい衝動をどうにか堪えて、俺は雪ノ下にちらっと視線を向ける。当然のことながら雪ノ下は首を横に振った。

まぁ、そうだろうな。

「悪いが断る。今回のは明らかにお前に原因があるだろ。刺される覚悟がないなら煽んな」

奉仕部は誰でも彼でも救ってやるわけじゃない。なんでも願いを叶えてやる万能の願望器でもなければお助けロボットでもない。ただ努力の手助けをするだけだ。ゆえに、自業自得な連中にまで手を差し伸べてやるつもりはない。

厳しいようだが、言うべきことはちゃんと言わねばならない。

しばらく材木座は黙っていた。自分の行動に反省でもしていたのかもしれない。

「八幡」

思いつめたような声で俺の名前を呼ぶ。なんだよ、と目だけで返事をすると、材木座はぼふうっと深いため息を吐いた。え、今のため息なの？　変な音。

「ほふう、八幡は変わってしまったな。昔の貴様はもっと滾っていた。……張り詰めた弓の震える切っ先によく似た横顔をしていたがな」

「裏声出すな。そんな横顔はしたことねぇよ。……何が言いたい？」

俺が問い返すと、材木座は肩を竦めてはんっと鼻で笑った。

「あー、うむ、なんでもない。お主は女子供ときゃっきゃうふふしていればよい。所詮貴様にはわからぬ話。まやかしの日常の中で微睡んでいたほうがお前のためだ。戦うことを忘れた戦士になど用はない」

「や、待て。別にきゃっきゃうふふした覚えはねぇぞ。別に彼女がいるわけでなし。あ、戸塚とはきゃっきゃうふふして、」

「黙れ小僧！」

俺の言葉を遮って、山犬のような鋭い恫喝がモロに飛んできた。

静かな部室の中で反響した後、一瞬の静寂が降りてくる。その間際、「……え？　彼女、いない？　……あ、あー。あれ？」と小さな声が聞こえた気がした。

「いいか、八幡。我がここで負けてみろ。気まずくてゲーセンに行けなくなる。すると、貴様は戸塚氏とゲーセンに行ったとき、我の案内がなくて困るであろう？」

はっ！　そ、そうか！　それは困る！　なんとか材木座を勝たせなければ！

などと俺が思うはずもない。

「いや、別にお前の案内とかいらないし……、言いづらいけど、お前邪魔だった」

「デュフ」

材木座が奇妙な笑い声をあげる。すると、女子二人がそっと材木座からさらに距離を開けた。気づけば、由比ヶ浜と雪ノ下の距離が縮まってきている。

……へぇ、材木座は空気を壊すというかかき乱す存在だと思っていたが本当にそうなんだな。良い雰囲気もぶち壊すが、悪い雰囲気もちゃんと壊す。

意図してやってるわけじゃないんだろうが、これは今の奉仕部にとっては感謝すべきことなんじゃないだろうか。

このまま突っぱねるのもちょっと申し訳ないかなぁ……。

俺の心が揺らいでいるのを敏感に察知したのか、材木座がにやりと笑って追い打ちをかける。

「はむん、奉仕部などと片腹痛い。目の前の人間一人救えずになにが奉仕か。本当は救うことなどできぬのだろう？　綺麗ごとを並べ立てるだけでなく、行動で我に示してみろ！」

「あ、材木座、バカ……」

もうすぐ夏も本番だというのに、やけに涼しい、背筋が。

「………そう、では証明してあげましょう」

雪ノ下は凍てついた視線で材木座を射抜く。ひぃっという悲鳴が聞こえた。

ほれ見ろ、どこがきゃっきゃうふふなんだっつーの。結構リアルに怖いんだからな。

×　×　×

遊戯部の部室は奉仕部の部室と同じく、特別棟にあった。

ただ、階が違う。俺たちの部室は四階、彼らの部室は二階に位置している。その中でも準備室とされている小さい部屋の方が彼らの部室だ。

部室はまだ真新しい部活然としており、マジックで「遊戯部」とだけ書かれた紙がドアに貼ってあった。

「じゃ、行くか……」

なんだかんだで皆でここまで来ていた。俺は材木座、雪ノ下、由比ヶ浜を振り返る。

うむ、と偉そうにふんぞり返る材木座。無表情で無反応の雪ノ下。そして、由比ヶ浜は少し居心地悪そうにちょっと離れた場所に立っている。

「……お前は、どうする？」

由比ヶ浜は行きがかり上ついてきているような、そんな雰囲気を感じて念のために確認をした。一応、部員とはいえここ数日来ておらず、この先も来るかどうかはわからない。もしこのままフェードアウトを決めこむつもりなら無理に付き合わせないほうが本人のためだろう。

「い、行く……」

きゅっと自分の腕を抱いて由比ヶ浜が答える。

「行く、けど………ねぇ、ヒッキー彼女いないの？」

死ぬほど脈絡のないことを聞かれた。おい、「けど」って逆説の言葉だぞ。前後の関係おかしくなっちゃうだろ。

「や、いねぇけど」

「愚問よ、由比ヶ浜さん。この男にまともな男女交際なんて不可能だわ」

雪ノ下がぽん、と由比ヶ浜の肩を軽く叩いて諭すように言う。

「ほっとけ。彼女なんていらんわ。俺は、俺の時間を奪われるのが何よりも苦痛なんだよ。夜中寝てるときに泣きながら電話とか来たら、その瞬間別れる自信があるぞ」

どうしてリア充どもは恋愛苦労話を披露したがるんだろうか。あれはお年寄りの不健康自慢や会社員の忙しい自慢に通じるものがある。自虐に見せかけた自慢ほど腹が立つものはない。ミサワかお前は。

「わぁ、最低だ……」

由比ヶ浜が呆れたように言う。が、不思議なことに目が笑っていた。

「あ。で、でもさ。ゆきのんと出かけてたりしたじゃん？　あれは？」

「こないだのわんにゃんショーのことならあれは偶然出会っただけよ。私は小町さんに誘われて一緒にいただけ。言わなかったかしら？」

「ああ、そうだよ。どうでもいいけどもう行っていいか？　材木座がやることなくて窓の外見始めたし」

「ま、待ってちょっと待って。じゃあ二人は別に付き合ってたりとかしないの？」

「そんなわけねーだろ……」

こいつやっぱり勘違いしてやがった……。普段の俺たち見てたらありえないだろ、気付け。

「由比ヶ浜さん、私でも怒ることくらい、あるのよ？」

雪ノ下は露骨に嫌そうな顔をした後、冷え冷えとした怒気を醸し出す。

「あ、ごめんごめん！　なんでもないんだ。じゃ、じゃあ行こっか」

焦ったように由比ヶ浜が扉に駆け寄る。不機嫌な顔をした雪ノ下とは対照的に、由比ヶ浜は上機嫌な様子でトントンと扉を叩く。

すると、小さく気だるげな声で「はいー」と返ってきた。

おそらく入っていいということだろう。

戸を開くとそこにあったのはうずたかく積まれた箱、本、パッケージ。それらがまるで壁のように、あるいは衝立のように聳えたち、迷宮を作り出していた。

近い情景を連想するならビブリオマニアの書斎と昔ながらの町のおもちゃ屋さんを混ぜたような感じだ。

「はぁ？　ここユーギ部じゃないの？」

由比ヶ浜がぽけっと口を開けながら手近にあった箱を見る。薔薇と髑髏の意匠が使われたやや渋めのパッケージだ。表記はすべて英語でまず間違いなく海外のものだろう。

「なんかゲームっぽくない……」

そう由比ヶ浜が思うのも無理はあるまい。普通はゲームといえば、いわゆるテレビゲーム、ビデオゲームを指すものだ。

「そうかしら？　私はこちらのほうがしっくりくるけれど。由比ヶ浜さんがイメージしているのはピコピコのほうよね」

「ピコピコってお前おばあちゃんかよ……、俺の母親ですらファミコンっていうぞ……」

「だって、ピコピコ言うじゃない……」

雪ノ下が不満げにそう漏らすが、俺の知る限り最近のゲームはピコピコ言わない。

「まぁ、ゆきのんゲームやんなそうだし」

「由比ヶ浜さんはやるの？」

「んー、パパがゲーム好きだからやっててそれ見てるのは結構好きかな。あたしはちょっとやるくらい。マリカーとかぷよぷよとか。ちっさいのだとどうぶつの森とか牧場物語とか」

ちっさいの、というのはたぶん携帯ゲーム機のことなんだろうな……。

「意外にやってんだな、ゲーム」

俺が声をかけると由比ヶ浜はくるっと振り返り頷く。

「あ、う、うん……。や、周りの人がやってるとつい、ね～」

まぁ最近のゲームには一側面としてコミュニケーションツールとして特化している部分もあるからな。由比ヶ浜みたいな楽しみ方もありだろう。

「あとは、新しいFFとか。画面超綺麗だし、超かっこいいよ！　しかも、映画みたいで超泣けるから！　それと、チョコボとか超可愛いし」

「ぺっ」

由比ヶ浜の言葉を聞いた瞬間、材木座が唾を吐く仕草を見せる。さすがに室内だから仕草だけだ。……仕草だけだよね？

全然しゃべらない男が急にキレだしたので由比ヶ浜は不思議がるというか、単純に不審者扱いしていた。

「な、なに、怖……」

怯えた由比ヶ浜がこそっと俺の陰に入る。そこへ材木座が追い打ちをかけた。

「……にわかめ」

「は、はあ!?　意味はわかんないけど超ムカつくんですけど……」

「やめとけ、材木座（ざいもくざ）。気持ちはわからんでもない。けど、ここは逆に『俺は、俺だけは知っているんだ、他のカスどもと違って』って優越感に浸（ひた）って喜ぶポイントだ」

「ほう、八幡（はちまん）。なかなかポジティブシンキングだな」

「人間性としては最低の部類だと思うけれど……」

雪ノ下（ゆきのした）は呆（あき）れたように続ける。

「ゲームね……。私には理解できそうもないわ」

「そうでもないって。確か、パンさんのゲームとかも出てるぞ」

「へ？　パンさん？　なんで急にパンさん？」

由比ヶ浜（ゆいがはま）がほけーっとした顔で聞いてきた。

なんだ、由比ヶ浜は雪ノ下がパンさん好きなの知らんのか。まぁ、好きというかあれはフリークとかマニアとかそういう類（たぐ）いの言葉で呼ばれるべきだと思うけど。

「それはあれだ、」

「比企谷（ひきがや）くん、なんの話をしているの？」

俺が言いかけたとこへかなり食い気味に雪ノ下が割り込んでくる。

「はぁ？　お前何って」

「比企谷くんの言うことはよくわからないわね…………だから、後で詳しく」

雪ノ下の眼がマジだった。

「あ、ああ……」

どうやら雪ノ下はパンさん好きをあまり大っぴらにしたくはないらしい。なに？　恥ずかしいの？　むしろあれだけ好きなら誇っていいと思うけどな。というか、後で詳しくってなんだ。パンさん好きを隠しながらも情報は得たいのかよ。

わからん、こいつの恥ずかしさの基準が全然わからん。

まぁ、取り立てて言うようなもんでもない。何が好きかとか言いふらされんのも別にいい気はしないしな。なんで小学生、すぐに好きな人を言いふらしてしまうん？

由比ヶ浜は「パンさん？」と不思議そうに呟きながら納得いっていないようだった。

「それにしても、部員はどこにいるのかしら」

「あ。そーだね。声はしたのに……」

由比ヶ浜も人を捜すほうへと思考をシフトさせる。雪ノ下さんマジ策士。

部室の広さ自体は準備室の大きさに準拠しているので決して広くはない。ただ積み上げられた箱や無造作に置かれた本棚のせいで見通しはよくない。

「ぬふぅ。積みゲーや積読はもっとも多く時間を過ごす場所ほど高く積まれる。ゆえに、一番高いところを目指せばおのずと居場所はわかる」

「おお、材木座（ざいもくざ）、すげぇな。でも、そういういいことはせっかくだから俺以外にもちゃんと言おうぜ」

悲しいくらい俺としかしゃべってないぞ、材木座。

とりあえずは材木座のアドバイス通り、一番高く積まれてるタワーを目指した。

すると、衝立（ついたて）になった本や箱が邪魔で見えないが、確かに声がする。

回り込んでみると、男子が二人、そこにいた。

「邪魔して悪い。ちょっと話があんだけど」

俺が声をかけると遊戯（ゆうぎ）部と思われる二人は互いに顔を見合わせてこくっと頷（うなず）いた。二人とも俺の姿をじろじろと見る。まぁ、間違いなく初対面だし、そんな奴がいきなり現れたらとりあえず見るだろう。

俺もお返しにじろじろと見返すことにした。

すると、上履きの色が黄色であることに気づく。黄色は一年生のカラーだ。つまり、こいつらは一年生である。

「む、貴様ら一年坊主か！」

年下とわかるや否（いな）やいきなり材木座の態度が大きくなった。そういう変わり身の早さ、嫌いじゃないぜ。俺は上下関係だの年功序列だので押さえつけられるのは大嫌いだが、自分がその恩恵にあずかれる場合にはその限りではない！

ここは材木座と一緒にエラそうに振る舞おう。これはあれだ、交渉する際、心理的優位に立つための作戦であって俺の性格が悪いとかそういうことでは全然ない。

「おい、お前ら。材木座さんになめたクチきいたみたいじゃねぇか。――いいぞ、もっと言ってやれ」

「あ、あれー？　は、ハチえもん!?」

材木座がこっちに縋るような視線を向けてくるが、ぜんぜん可愛くない。だいたい年齢を差し引いてもお前のほうがよほど立場が下だろうが。

「……何を遊んでいるの。早く話をつけなさい」

雪ノ下が冷たい視線でこっちを睨む。

すると、その姿を見た一年生がこそこそとなにごとか囁き合う。

「あ、あれって二年の雪ノ下先輩じゃ……」

「た、たぶん……」

おい、マジかこいつ、雪ノ下って結構有名人なのか。まぁ、見た目だけは良いからな。謎めいた感じといい、学年を超えた人気があっても不思議じゃない。俺も中学のころは可愛い先輩の名前とか知ってたし。知ってただけだけど。

「あー。君らこの男に用あんだよな？」

俺が呼び込むまでもなく、材木座が前にぐいっと出てきた。

「ふははははは！　久しいな。昨日はずいぶんと大きな口を叩いてくれたが、今さら後悔しても遅いぞ！　人生の先輩として、そして高校の先輩として我が灸をすえてやろう！」

先輩、の部分をやたら強調して威勢よく押し出してきた材木座だったが、遊戯部二人の反応はやや冷たい。

「おい、さっき話してたのってこの人？　うはー痛え」

「だろ？　マジないよな」

ぷっくすくす、とでも言うべき嘲笑にむしろ材木座が動揺している。

「え、は、八幡。我、今何か変だったかな？」

「安心しろ、変なのは今に限ったことじゃねぇから」

ほとんど素に戻りつつある材木座の肩をぽんと叩き下がらせる。

「俺ら奉仕部っつー、要はお悩み相談室なんだけど、材木座が君らともめたっていうからその解決に来たんだが……えーっともめたのは、どっち？」

気軽な感じで尋ねると、片方がおずおずと手を挙げた。

「あ、俺です。一年の秦野です。こっちは……」

「一年の相模です……」

秦野と名乗ったほうはやや猫背気味の痩せ型。眼鏡はフレームなし、レンズはやや鋭角な台形でシャープなフォルムだ。目のつけ所もシャープそうだった。

もう一人の相模は白い肌をした中学生みたいな風貌(ふうぼう)でこちらも細い。眼鏡はやや丸みを帯びたレンズ。次の時代に新しい風をインスパイアー・ザ・ネクストな感じの眼鏡だ。

というか、特に名前を覚える気もないので眼鏡で判別することにした。

「で、こいつとゲームで対決するって話しいんだけどさ、君、格ゲー強いんだろ？　それだと、やる前から勝負見えてるし、他のことにしないか？」

我ながら無茶苦茶な提案をしていると思う。サッカー選手に向かって「そんなことより野球しようぜ！」というようなものだ。相手だってわざわざ自分のアドバンテージを失いたくはないだろう。

当然のことながら彼らは難色を示した。頷(うなず)かないということは緩やかな否定だ。

「せめて、他のゲームにするとか。こんだけあるんだし」

俺は周辺に積まれたゲームの山を指して言った。

「それなら……まぁ」

「いいですけど……」

控えめな言葉ながらも、その態度には自信が滲(にじ)んでいる。自分たちがゲームで負けるはずがないという確かな矜持(きょうじ)がそこにはあった。ダテに遊戯部を名乗っていないようだ。

「けど、変える以上何か見返りがないと……」

秦野は少し遠慮気味に言った。

　まぁ、向こうにも一つ妥協してもらっている。あっちが条件を出してきて釣り合いをとるのは自然なことだろう。俺は頷いて言葉の続きを待った。

「じゃあ、材木座の土下座でいいか？　負けたら俺が責任もって【調子に乗ってましたすいません】って謝らせるから」

　もう面倒くさくなってきたのでそれでいいや。材木座は「え？　俺が？」とか素に戻って言ってたが、お前に拒否権ねぇだろ。

「まあ、いいですけど……」

　遊戯部の二人は控えめながら、納得してくれた。

「じゃあ、やるゲームは任せる。あんま難しいのはやめてくれ。一見さんにハードル高いゲームは新規が入れないから格ゲーと変わんなくなる」

　実際、格ゲーが昔より下火になった理由って新規参入が難しいからだと思うんだよな。ゲーセンでちょっとやってみたいタイトル見つけても、だいたいギルティ勢とかさらに昔のタイトルからいる古参が陣取っててその中に入っていけないし、入っていっても余裕で狩られるからあんまやりたくなくなるし。今度からゆとりコーナー設けたほうがいいぞ。

「なら……みんなが知ってるゲームをちょっとだけアレンジします」

「ふむ、して。そのゲームの名は？」

　材木座が問う。すると、二人とも眼鏡をくいっと上げた。

「ダブル大富豪ってゲームをやろうと思います」

言い方こそ普通だったが、彼らの眼鏡が怪しく光っていた。

×　×　×

しゃっ、しゃっ、とカードをシャッフルする音がする。

大富豪。それは大貧民とも呼ばれるトランプでのカードゲームだ。

「あの、大富豪のルールは大丈夫ですよね？」

秦野（はたの）の遠慮がちな声に俺たちは頷（うなず）く。ただ雪ノ下（ゆきのした）だけがはてなと首を捻（ひね）った。

「やったことないわね……ポーカーなら嗜（たしな）みがあるのだけれど」

「あ、一応ルールの説明します」

相模（さがみ）が簡単に概要を述べていく。

「1、すべてのカードをプレイヤー全員に均等に配ります」

現実ではカードすら均等に配られないけどな。

「2、ゲームは親から始めます。最初の親が手札から最初のカードを出し、以降順番に次のプレイヤーがカードを出し重ねていきます」

現実では俺の順番が忘れ去られたり、平気で割り込みかけてくる奴がいるけどな。

「3、カードには強さがあり、弱い順に3、4、5、6、7、8、9、10、ジャック、クイーン、キング、エース、2って感じです。ジョーカーはワイルドカード扱いです」

現実では単純な能力だけじゃなくてコネとかカネとかが強さの基準だけどな。

「4、プレイヤーは、場にある現在のカードよりも強いカードしか出すことができません。二枚出しなら二枚出さないとだめです」

現実では勝てないのわかってるのに弱者を出してくるけどな。捨て駒とか捨て石とか生贄(いけにえ)とか見せしめとか。

「5、出せるカードがないときにはパスが許されます」

現実ではパスが許されないけどな。

「6、他のプレイヤー全員がパスし、再び場にあるカードを出したプレイヤーまで順番が回ってきたらそのプレイヤーは親になる。場にあるカードは流されます」

現実では過去は流せないけどな。

「7、以上を繰り返し、一番早く手札がなくなったプレイヤーが大富豪となり、以降上がった順に富豪、平民、貧民、大貧民と階級がつきます」

そこだけは現実と一緒なんだな。何それ、鬱(うつ)。

「それと、大富豪は大貧民から良いカードを順に二枚取り上げ、好きなカードを二枚交換させることができます」

つまり、勝った奴が有利になり、延々搾取し続けるという現代日本の縮図みたいなゲームだ。

……はぁ、嫌なゲームだ。

「なるほど。だいたいわかったわ」

雪ノ下は今の説明だけで充分に理解したのか、うんと頷いた。相変わらず理解力の高い奴だ。

「待て、ローカルルールはどうする」

材木座が問うと、そっすねーと秦野が軽いノリで返事をする。なめられてるなめられてる。

「初心者もいるし、代表的なのだけでいいだろ。千葉ローカルでいいか？」

「あの……千葉ローカルってどんな感じですか？」

相模が少し心配げに聞いてくる。え？　千葉ローカルで伝わんねぇの？

まぁ、いいか。一応説明してやろう。

大富豪においてはローカルルールこそが勝敗を分けるといってもいい。基本ルールに付随してくるローカルルールには多種多様なものがあり、それらを組み合わせることで戦略性は跳ね上がることになる。

「そうだな。革命、8切り、10捨て、スペ3、イレブンバックがあり。都落ち、縛り、階段系、ジョーカー上がりはなし。そんなところか」

「あ、あたしの学校もそんな感じだったかも」

「ふむう。5スキと7渡しはなしか……」

こういうルールは地方ごとどころか下手すると小学校ごとに違うことがある。大人になってから大富豪をやるとローカルルールの運用で揉めそうだから最初からちゃんと決めておいたほうがいいだろう。まず、「大富豪」か「大貧民」かの呼び方の時点で揉めそうだ。「ドロケイ」と「ケイドロ」みたいなもんだな。

「比企谷くん、説明を」

ああ、そうだ。伝わっていること前提で話を進めていたが、雪ノ下が大富豪未経験だった。なので、一つずつ注釈を加える。

『革命』は同じ数字四枚で出すと札の力関係を逆転させることができる。

「8切り」は8が場に出たらそのゲームを流して、出したプレイヤーから新たに始めることができ、「10捨て」は10を出したときに、出した10の枚数に応じて手札から好きなカードを捨てられる。「スペ3」はジョーカーに対してスペードの3が勝つ、「イレブンバック」は11を出したその回だけ、カードの強さが逆転する。

雪ノ下は説明を聞きながら、時折こくこくっと頷いていた。まぁ、実際にやってみないとこの感覚はなかなか掴めない。やってみるのが一番手っ取り早いだろう。

「ローカルルールはそっちの要望を飲みます」

「なので、ダブル大貧民のルールも飲んでもらいます」

二人の眼鏡がまたしてもきらりと光った。

妙なプレッシャーを感じて俺は密かに息を飲む。だが、次の瞬間には二人ともにこやかな笑みを浮かべていた。

「といっても、ルール自体は普通の大富豪と同じで」

「違うのは、ペアでやる点です」

「ペア？　つまり、二人で相談しながらやるってことか？」

俺が問うと、遊戯部ペアはまったく同じタイミングで首を振る。

「いいえ。一ターンごとに交代で手札を出してもらいます」

「相談するのは禁止です」

……ということは、敵の考えだけでなく、パートナーの思考も読みながらゲームをしなきゃならないのか。案外戦略性があるな……。そうなると、問題はペア選びだが。

ちらっと横を見る。

「くっくっくっ、我のデッキに勝てると思うなよ……」

材木座とは組みたくないなぁ……。

「一番強いカードがジョーカー、と。なるほど。……8の後にジョーカー出せるのかしら？」

雪ノ下は確認のためか、ルールを暗唱している。雪ノ下は能力こそ高いが、大富豪未経験。そもそもこいつの考えまで読まなきゃいけないというのがハードル高い。失敗したらぼろくそ言われそうだし。

となると、残りは由比ヶ浜か……。大富豪もやったことあるし、ローカルルールもうちの地域と似てる。何より、わりと単純だから考えは読みやすい。

組むなら由比ヶ浜か、と俺が由比ヶ浜を見ると、ばっちり目が合ってしまった。

「ゆ、ゆきのん、一緒にやろ！」

速攻で視線を外され、由比ヶ浜は雪ノ下の肩をがしっと摑む。

「え、あ。そうね」

まぁ、そうなるよな。

そもそも俺が誰かを選ぼうだなんて間違っている。誰からも選ばれない人間が誰かを選ぼうだなんて笑っちまうぜ。

雪ノ下・由比ヶ浜のペアが決まったことで俺のペアも自然と決まる。いつもの余った者どうして組むパターンだ。それは材木座も重々承知なのか、すっと俺の前に立つと背中越しに声をかけてくる。

「八幡。我に、ついてこれるか？」

……もういっそ置いてってくれないだろうか。

×　×　×

秦野がざーっと机の上にあったものをどかす。そして、相模が椅子を三脚運んできた。

これで戦いの舞台は整ったことになる。

一巡目は俺と相模、そして由比ヶ浜が席に着いた。一手出すごとに交代するルールなので、すぐ入れ替われるように、椅子の後ろにはそれぞれのパートナーが立っている。遊戯部の戦略はわからないが、由比ヶ浜が先に出ているのは雪ノ下が不慣れなためだろう。

相模がシャッフルし終えたトランプを一枚ずつ配る。五四枚のカードがそれぞれ一八枚ずつに分けられた。

「では、これより遊戯部と奉仕部によるダブル大貧民対決を始めます。勝負は五試合。最終戦の順位で勝敗を決します」

秦野が宣言し、俺たちは目の前のカード一八枚を手に取ると、扇状に広げた。

「実質二対一のチーム戦なので、こちらが先手をもらいますけど……」

遠慮がちな声ながらも、相模はそれが当然とばかりに手札から一枚つまんで場に出そうとしている。まぁ、最終的に俺と材木座ペア、雪ノ下と由比ヶ浜ペア。どちらかが勝てばいいのである。むしろ、協力して進めるのが上策だろう。なら、先行は譲るのがフェアってもんだ。

つつがなく一ターン目が終了する。

お互い初めは様子見なのか、順当にカードを消費していた。

「はははは っ！　ずっと我のターン！　ドロー！　モンスターカード！」

材木座（ざいもくざ）だけがうるさい。

「我（われ）はクラブの10を召喚！　このクラブの10の召喚に成功したとき、カード効果により、手札から一枚選び墓地に送る。我はカードを15枚伏せて、ターンエンド……」

いちいち聞き覚えのある言い回しがちょくちょく昔の記憶を揺さぶってくる。

「懐かしすぎるだろ……。俺もよくやってたぜ、詰めデュエル」

「詰めデュエル？　初めて聞く言葉ね」

雪ノ下（ゆきのした）が不思議そうな顔で聞いてくる。

「詰め将棋みたいなもんだ。友達いなかったからな」

「詰め将棋は友達いない人用の将棋ではないのだけれど……」

あ、そうなの？　てっきり一人用将棋だと思ってた。

「我もデッキ二つ用意してよくやった。ミラクルオブザゾーンとかギャザリングとかカードはやたら持っているのだが、やる相手がいなかった……」

材木座も急激にテンションを落として、俺に手札を渡す。ＴＣＧ（トレーディングカードゲーム）って対人戦を基本にしているから一緒にやる友達がいないと楽しくないんだよな。もっともゲームボーイでソフトが出てたから俺はＣＰＵ相手の経験は豊富なんだが。

騒いでいた材木座が静まると、その場は沈黙に包まれる。ただ手札からカードを抜きとるシャッと言う音と、場に置くぺちっという音だけがする。

何順かそうして過ぎ、淡々とゲームは進んでいた。10捨てや三枚出しのおかげか、俺たちは順調に枚数を減らしている。

そしてそれぞれの枚数はといえば、俺たちが残り二枚、由比ヶ浜たちが三枚、意外なことに遊戯部はまだ五枚も残していた。

自分たちでダブル大貧民を提案したわりにさほどの強さも感じない。弱いものから順に出す、という特に捻りもない戦略だ。これならそんな苦労もせずに勝てるかもしれない。

由比ヶ浜がスペードの6を出した。俺は温存していたハートの8。これでラスト一枚。

「材木座」

「うむ」

最後の手札を机に裏返しに置いて、席を譲る。材木座がどっかと座ると、「我のターン！」とわざわざ宣言する。見ればわかります。

「これで終わりだ！　トラップカードオープン！　……チェック・メイト」

得意げに最後のカードを場に出す。

さらに雪ノ下が温存していたのだろう、クラブの2を選択。遊戯部がパスをするとすぐさま由比ヶ浜に残り二枚を渡し、由比ヶ浜はそのまま二枚出しで終了。

これで手札は0。俺たち奉仕部が1、2フィニッシュ。

「ふっはっはっ！　まるでたいしたことないわ！　どうだ！　我の力を思い知ったかぁっ！」

　まるで自分一人の手柄のように材木座が吠える。こんな奴にでかい顔をされるのはさぞ悔しかろう、と思って遊戯部のほうを見るが、彼らはけろりとした表情だ。

「いやー秦野くん、負けちゃったねー。しまったー」

「そうだなー。相模くん。油断してしまったー」

　そう言っているわりに二人には危機感らしきものが見受けられない。むしろ楽しそうだ。なんだ、何考えてんだこいつら……。

　きな臭いものを感じながら遊戯部ペアを見ていると、二人はにやっと笑った。

「困ったね」

「困ったな」

「「だって、負けたら服を脱がなきゃいけないんだから」」

　言うや否や二人はまるで変身でもするかのようにしゅばっとベストを脱ぎ捨てた。仕草はかっこいいが、それ変態の所業だぞ。

「なっ!?　何よそのルールっ！」

　由比ヶ浜がばんっと机を叩いて抗議する。だが、遊戯部はにやにやと笑うだけだ。

「え？　ゲームで負けたら脱ぐのが普通じゃないですか？」

「そうそう。麻雀もじゃんけんも負けたら脱ぐものです」

　いや、じゃんけんは負けたら脱ぐなんてルールねぇから、それ野球拳だから。麻雀は負けたら脱ぐ。

「では、第二回戦参りましょう……」

「ちょ、ちょっと待ちなさいよ！　ちょ、話聞けし！」

秦野が素早くカードを回収すると、シャッフルを始めてしまう。由比ヶ浜の制止もまったく取り合わない。さっさとそれぞれに配り始めてしまう。

「ゆきのん、もう帰ろうよ、付き合うのアホらしいし……」

「そう？　私は構わないけれど。勝てばいいのだし。それに勝負する以上、リスクは当然だわ」

「ええっ!?　あ、あたしやだよ！」

「問題ないわ。このゲーム、ローカルルールの多さに惑わされがちだけど、数字の力関係が一定である以上、戦略の基本路線は変わらない。場に出たカードを記憶して、相手の残り手札が予想できればそうそう負けないと思うけれど。それに、終盤の勝ちパターンもいくつかあるようだし、枚数からの推測もそう難しいものではないもの」

「そ、そうかもしんないけど……。うぅーっ」

由比ヶ浜は涙目になって唸る。が、この場で由比ヶ浜が頼れるのは雪ノ下だけなのだ。その雪ノ下が乗り気である以上、どうすることもできない。

……俺が止めるべきだろうか。ただ雪ノ下が俺の言うことを素直に聞くとも思えんしな。

「さあ！　はよう！　はよう始めようではないか！」

悩んでいるうちに材木座が席に着き、秦野からカードを受け取っていた。

「では、始めましょう」

雪ノ下も机に撒かれていた手札を取ると、ぱっと広げる。その後ろでは由比ヶ浜が浮かない顔をしていた。

「じゃあ、まずはカードの交換を」

秦野が手札から二枚取って、材木座へ渡した。

大富豪は二戦目以降、大富豪と大貧民がカードを交換しなければならない。大貧民は手札の中から最高のカードを、大富豪は任意のカードをそれぞれ渡す。

向こうから来たのはジョーカーとハートの2。良いカードだ。

「ふむ……」

材木座もご満悦の様子でカードを二枚抜き取って渡した。

スペードのキングとクラブのクイーン。

「はぁ!?　ちょっと待て、お前何やってんだよ！　なんで弱いの渡さねぇんだ！」

俺が材木座に詰め寄ると、材木座は静かに瞳を閉じる。そして、重々しい声で答えた。

「………武士の、情けだ」

こいつ……。もしや女子の裸が見たいだけでは……。

材木座から渡されたカードを受け取った遊戯部二人がにやりと笑う。

──そ、そうか……。これは……。

男女グループが相手だから、脱衣というルールを設けることで不和を招くという遊戯部の高度な心理作戦！

……バカか、こいつら。

×　×　×

ただのバカだと思っていた遊戯部だが、二戦目からは見違えるほどに鮮やかな戦略をとってきていた。

リスクを恐れず三枚出しなど派手な手を使う秦野。

カード効果を利用して、堅実に枚数を減らす相模(さがみ)。

1ターンごとに繰り出される多彩な戦法は先の手が読めない。着実に勝利に向かって手札を減らしていた。気づけば残り二枚。

俺も雪ノ下たちも食い下がるように一枚一枚消費していき、どうにか雪ノ下たちが残り二枚、俺たちが四枚というところまで来ていた。

由比ヶ浜の右手が迷う。勝敗を分ける局面に差し掛かり、勝ちパターンを意識しているのだろう。

「こ、これで」

考えた末に出されたのは切り札として取っておいたであろうクラブの2だ。

幸い、ジョーカーは二枚とも俺たちの手元にある。だから、これを流して、次の雪ノ下が出して上がり、という手順を踏めばいい。

よし、この調子なら問題ない。と思った矢先だ。思わぬ伏兵がいた。

「おおっと、足が滑ったぁ！」

材木座が勢いよく俺に倒れかかるや、一枚のカードを弾き飛ばす。ジョーカーだ。

「はあ!?　ちょっと、中二！　あんた殺すよ!?」

由比ケ浜がガタッと勢いよく椅子から立ち上がって威嚇するが、材木座はぴーひゅーと口笛を吹いている。それで誤魔化してるつもりか……。

材木座が意気揚々とスペ3を出す。それを秦野があっさりと8を出して流すと、引き継いだ相模が残ったスペードのエースを出して一抜けた。

こうなると、あとは俺たちか雪ノ下・由比ケ浜、どちらかのペアが脱がなければいけない。

場に出ているのはエース。雪ノ下は無念そうながらもパスをする。

俺に順番が回ってきた。

「八幡……。我の、いや我たちの夢、貴様に託したぞ……」

がしっと摑まれた肩に熱を感じる。材木座の顔を見れば、そこには死にゆく戦士のような穏やかな笑顔が浮かんでいた。

というか、こいつ負けたら自分が土下座なこと忘れてないか……。

材木座の熱い期待を一身に背負いながら俺はカードを広げる。スペードの4とジョーカー。

秦野は拳をぐっと上に突き上げた。その様は無言でありながらも「俺たちは仲間だろ！」と叫んでいるようだった。

相模はそっと目を伏せると、祈るように静かに手を組んだ。「神様……」という小さな呟き（つぶや）が漏れ（も）聞こえてくる。

いまだかつてこれほど人に期待されたことがあるだろうか。いや、ない。

この瞬間、確かな絆を感じていた。

俺の指がジョーカーに触れた。そのとき、俺の様子を伺っていた材木座が「おお！」と歓喜の声を漏らした。

それに反応して、秦野と相模ががたっと椅子から立ち上がり、決着の瞬間を目に焼きつけようと前のめりになる。

誰かがそっと声を出した。

「HA・CHI・MAN……。HA・CHI・MAN……」

小さい、とても小さい呟きだったが、それはいつしか大きな歓声に変わる。まるでオリンピックのマラソンでスタジアムにトップで戻ってきたときのような、熱く、感動的な光景だった。

ただ、その中で雪ノ下が凍えそうなほどに冷たい視線を俺に向け、由比ヶ浜はうーっと口を真一文字に引き締めて涙目で睨んでくる。

しかしそんなことはお構いなしに遊戯部二人と材木座は歓喜の雄叫びをあげ続けていた。

熱狂。混乱。混沌。情熱。

ふつふつと自分の身体から湧き上がってくる抑えきれない衝動。ふと笑いが込み上げる。

「ふっ……、ふっはーっはっはっはっ！」

その哄笑に皆が息を飲んだ。

次の瞬間、パス、と俺が小さく呟いた声が、どれだけの人間に聞こえただろうか。

刹那の沈黙。

「俺はな、こういう、男女で脱衣とか、罰ゲームで盛り上がるとか、そういう、頭の悪い大学生の飲み会みたいなノリが、いっちばん、嫌いなんだよ！　いや、むしろ憎んですらいる！」

俺の声がびりびりと空気を震わせる。その後はまたしても静寂、と思いきや雪ノ下が深く深くため息を吐くのが聞こえた。

「バカだわ、バカがいるわ……」

ぼそっと呆れ混じりの呟きのあと、今度は荒々しい怒号が轟く。

「八幡っ！　貴様、なんのつもりだ！　これは遊びではないのだぞ！」

材木座が俺の胸ぐらを摑みあげる。

「落ち着け、材木座。お前の言う通り、これは遊びじゃない」

「む？　なんだそのちょっとかっこいい台詞は」

俺は材木座の問いかけを無視し、視線を横へとずらす。

「おいおい、どーする？　あの先輩、ノリ悪いぞ……」

「ああ、あの人マジ空気読めてねぇよ……」

そんな囁きを交わし合う影が二つ。秦野と相模だ。

「残念だったな。ノリが悪くて空気を読まないこの俺に、お前らの策は通じない」

「は、八幡。策とはどういうことだ!?」

「この脱衣ルールはただ脱がせたいわけじゃない。俺たちが男女チームであることを利用し、仲間割れさせようという心理作戦だ」

そう、脱衣という枷をつけることで俺・材木座ペアと雪ノ下・由比ヶ浜ペアの間には僅かな疑念が生じる。俺たち男子ペアが寝返れば良し。寝返らずとも、チーム間の信頼関係を揺らせればよいし、プレッシャーがミスを誘えばもうけもの、という二段構えの策である。

「な。なるほど……。あ、はっ！　そう言えば聞いたことがある！　三次女を餌に巧みに幻術をかけ内乱を招く傾国の秘儀、その名も『美人局』!!　ふう、危ないところだった。やはり三次はクソだなっ！」

「あー、うん。まぁだいたい合ってるからいいや」

実際、マジでハニートラップに引っかかっちゃう大人もいるしな。

ともあれ、このまま続けていれば、その策略によって雪ノ下・由比ヶ浜ペアは疑心暗鬼に陥り、俺と材木座とは意思疎通すら難しかっただろう。

そして由比ヶ浜・雪ノ下がギブアップしようものなら問答無用で俺たちの負けだ。

チーム内の不和だけでなく、ペア内の不和まで招くつもりだったとは……。遊戯部、恐るべし。

だが、その陰謀もここまでだ。俺は秦野を薄目で睨めつける。

「しかも、俺をさんざん煽ることで集団心理を利用しようとしたんじゃねえのか」

「くっ、気づかれていたか！」

「パッと見、無個性な人っぽかったから簡単に乗ってくると思ったのに……」

相模にちょっとひどいことを言われていた。

俺はずびしっと遊戯部を指さすと声高に宣言する。

「集団心理など俺には通用しない……。なぜならいつも集団から弾かれているからな！」

「………」

「………」

秦野と相模がそっと目を逸らして、曖昧な笑顔を浮かべている。哀れみ半分同情半分といったところか。つまり、完全に可哀想な人扱いされていた。

「んんっ、とにかく。その手はもう通じない」

誤魔化すように咳払いをしてからそう言うと、遊戯部の二人は互いに顔を見合わせる。

「なるほど……。どうやらぼくたちも本気を出さないといけないようですね……」

「覚悟してください。……お遊びはここまでです」

くくっと低い笑い声をあげながら告げられたその言葉に俺は戦慄した。

……遊戯部なのに、遊ばない、だと？

×　×　×

本気、という遊戯部の言葉に嘘はなかった。

第二戦よりもさらに鋭く、えげつない手が連発され、俺たちは厳しい戦いを強いられた。彼らは大富豪となったことで得られる最初のアドバンテージを生かし、ジョーカーや2など強いカードをここ一番で浴びせてくる。

第三戦、第四戦と敗北し、俺は既に靴下、ワイシャツと脱いでおり、渋々ズボンに手をかける。残るは絶対防衛線のみ……。

「るふぅ、ついにこのコートを脱がねばならんのか……」

俺の横で材木座(ざいもくざ)がとても嫌(いや)そうな顔でコートを脱ぎ始める。これまでの材木座は、靴下、指ぬきグローブ、パワーリストと脱いでいる。ズボンもワイシャツも健在だった。

……なにこの不公平感。なんで俺だけパンイチなんだよ。

「くそ……」

半ば涙目になりながらズボンをするすると、なるべくこっそりと脱ぐ。ふと視線を感じてそちらを見やると、申し訳なさそうにしゅんとした由比ヶ浜(ゆいがはま)と目が合った。

「……んだよ、こっち見んな。俺の肉体に興味持つな」

「は、はぁっ!? ぜ、全っ然見てないし! 興味とかあるわけないでしょっ!? ばっかじゃないの!?」

机を叩(たた)かれて思いっきり怒鳴られた。いや、そんな顔真っ赤にして怒らんでも。冗談ですよ、冗談。

由比ヶ浜はふーっと俺を威嚇(いかく)していたが、その勢いも次第に弱まり、視線を床に向けた。

「……その、ごめん。ありがと」

「別に……。礼を言われる筋合いはねぇよ。俺は俺がやりたいようにやってるだけだ」

「うむ、どうでもいいがその格好で言うと開き直った変態にしか思えぬな」

材木座が半笑いで言う。

お前が言うなよこの野郎……。

あ、そうそう。ぼくが脱ぎ始めたら、雪ノ下さんはぼくのことをいないものとして扱い始めました。一切こっちを見ず、完全に無視。さすがです。

×　×　×

第五戦のカードを配り終えた。

俺の残機はパンツのみ。つまり、これが絶対に負けられない戦いなのだ。テレビで言ってるわりになぜかよく負けている「絶対に負けられない戦い」とはわけが違う。

「よし……。絶対に、勝つ……」

自然と気が引き締まってくる。俺は自分の身体にやる気が充溢してくるのを感じた。

「ぷひゅるー！　パンツいっちょの人がなんかかっこつけてゆー！」

材木座に爆笑された。見渡すと、遊戯部も由比ヶ浜も必死で笑いを堪えていた。よく見れば、雪ノ下の肩までぷるぷる震えている。

みんなひどいです。

「おい、材木座……」

さすがに怒りが込み上げてきて、俺が口の端をひくつかせながら名前を呼ぶ。

すると、材木座もその怒気に気づいたのか、わざとらしくげほんがほんと咳払いした。

「まあ、落ち着け八幡。ゲームとは楽しむものだ。もっと余裕を持て」

「あのなぁ……」

もっともらしいこと言いやがってこいつ……。俺が文句の一つ、いや五つでも言ってやろうかとしたとき、ため息が遮った。

「なるほど。そういう感じのスタンスなんですね」

それが秦野の声だと気づくのに少し時間がかかった。これまでの穏やかな、ともすれば弱気に見えていた印象とは明らかに違う、攻撃的な色が透けて見える声だった。

「なんていうか、ユーザー視点っていうんですか？　まぁ、悪いことじゃないんですけど、それに終始してるっていうのはちょっとねー」

かぶさるようにして相模。持って回ったような、鼻にかかるような、そんな声音。

「ぬ……」

材木座が何か言いかけたが、二人の顔を見て止まった。彼らの表情には明らかな侮蔑が混じっている。

秦野がはっと鼻で笑った。

「まぁいいか。どうせ、これで終わりだし」

「始めましょうよ。最終戦」

「あ、ああ」

相模の言葉に従い、俺たちはそれぞれ戦場に立つ。

先手は材木座だ。まずは遊戯部とカードの交換をしなければならない。

秦野はカードを選ぶと同時に、投げかける言葉も探していたようだ。二枚、トランプを摑むとそれを投げてよこす。材木座がそのカードを手札に加えようと手を伸ばしたところで声が投げかけられた。

「……剣豪さん、なんでゲーム作りたいんすか？」

この剣豪さんというのはゲーセンでの材木座の通り名らしい。どう聞いても剣豪さん(笑)にしか聞こえない。

材木座は投げられた二枚を拾うのも忘れ、手元から二枚を取ると机の上を滑らせた。

「ふむ。好きだからな。好きなことを仕事にしようと思うのは当たり前の考えだと思うが。ゲーム会社の正社員なら生活安定してるし」

落ち着いて答えたふうの材木座だったが、本音が最後に透けてるぞ。

「はっ、好きだから、か。最近多いんすよね、それだけでできる気になっちゃう奴。剣豪さんもそういう人間のひとりでしょ？」

「何が言いたい」

カチンと来たのか、材木座は苛立ちまぎれに最初の一手、二枚出しを叩きつけるように出した。そして、荒々しく机と椅子を鳴らして立つと、俺に手札を渡す。

続く雪ノ下も同様に二枚。

「あんたは夢を言い訳にして現実逃避してるだけなんですよ」

「な、何を根拠に……」

材木座はそれきり言葉に詰まった。その沈黙の間を縫うように相模がカードを放つ。

俺は手札を広げる。二枚出しが続くなら序盤で減らすチャンスだ。と思って、一四枚の手札を見比べる。

——一四枚？

少ないことに気づき、落としでもしたかと机の下を覗く。すると確かに二枚落ちていた。手札に加え忘れていたのが、先ほど材木座が立ち上がるときに机を揺らしたせいで落ちたらしい。

拾い上げて、手札に加えた。すると、ダイヤの4。

そして、四枚目の6……革命できる。

だが、しばらくは温存せざるをえないだろう。

やるとしたら、中盤以降、俺たちが親になったときしかない。

頭の中でおおよその算段をつけながら、俺は順々に数字が上がっていく場に二枚置く。

すると由比ヶ浜、秦野もそれに続く。エース二枚か…。ちょっと誰も出せそうにない。パスが続き、プレイヤーが代わって相模がカードを出す。

「剣豪さん、薄っぺらいんすよね。さっきの話じゃないけど、ユーザー視点っていうか、ユーザーどまりっていうか。表面だけなぞってきゃっきゃしてるだけっつーか」

おお、鋭い指摘だ。もっと言ってやって。

半ば相模を応援したくなる気持ちになってしまった。

それに同調するかのように雪ノ下も無言でこくこく頷（うなず）いている。

「ぐぬぬぬ」

材木座は堪（こら）えるようにして、俺に手札を渡す。受け取った俺はなんの衒（てら）いもなく順序よく出した。材木座は結構精神的に食（く）らっているのか、さっきまでやっていたデュエルごっこは鳴りを潜めていた。

続く雪ノ下の出した札を秦野がちらっと見て冷笑を浮かべる。

「ゲームのなんたるかも知らないでゲームを作ろうだなんて笑わせるよな。最近の若手ゲームクリエイターにも多いんですよね。ＴＶゲームしかやったことないのにゲーム作ろうとする奴。考え方がワンパターンでなにも革新的なことができない。斬新な発想を生む土壌が養われていないんだ。好きだからって作れるわけじゃないんですよ」

叩（たた）きつけるように出されたカードはその勢いさながらに強い。

「ぐぬぬぬ」

材木座の呻（うめ）き声が響く。

遊戯部に有利な展開のまま数ターンが経過した。

材木座のターン、カードを選びあぐねている材木座に相模が声をかけた。

「剣豪さん、何か得意なこととか人に誇れること、ないでしょ？　だから、ゲームとかに縋ってるだけなんですよ」

嘲笑混じりの声に、材木座は答える術を持たず、悔しげにカードを俺に渡す。それは無言でパスと告げたも同然だった。

俺はカードを受け取ると、席に着く。

相模の言葉がやけに耳に残っていた。

というのも、中二病を虚仮にして悦に入ってる姿がなんとも香ばしく歯痒かったからにほかならない。夢見る少年に、現実の厳しさを教えてやると息巻いている疲れた大人を見るような、そんな痛々しさがそこにはある。

皆がパスしたせいで、遊戯部が親となる。

秦野は一枚、二枚、三枚と実にゆっくりとキングを三枚出した。無論、さっきパスした俺たちが出せるはずもない。雪ノ下もパスをした。

「ところで剣豪さん、好きな映画ってなんです？」

「……………むぅ、そうだな。『魔法——」

「おっと、アニメ以外で」

「ぬお!?」

アニメを封じられた瞬間、材木座は押し黙ってしまう。ほほう、いい感じにやりこめられているな。……でも、俺もアニメ封じられたら特にないんだよな。あえて挙げるなら『レオン』。俺も幼女保護したいです。

黙ってしまった材木座を嘲笑うように、相模はキングを横に払い、新たにカードを切る。

「ほら、やっぱ言えないんだよな。じゃあ、好きな小説は?」

「……ふむぅ、最近なら『俺の彼——」

「ラノベ以外で」

「あうふ!」

急に止められたせいで材木座が盛大に舌を噛んだ。大仰に仰け反り、天井を見つめたまま首が返ってこない。いい具合のアッパーを食らったときみたいだ。

材木座は立っているのもやっとというくらいに憔悴しきった表情でゆらゆらと揺れていた。お前はあれか、最近の打たれ弱い若者か。

そんな材木座の様子を遊戯部二人は蔑むような目で見ていた。

「結局さ、あんた、偽物なんだよ。エンターテイメントの本質もわかってないし。俺たちはちゃんとゲームの源流、エンターテイメントのスタート地点から勉強してるんだ。あんたみたいな半端者がゲーム作るとか言い出すの、見てて恥ずかしいんだよね」

そう秦野が言うように確かにこの部室にはゲームが溢れている。

ボードゲームと呼ばれる類いのものが詰まった箱が積まれてたり、おそらくＴＲＰＧなんかに使うであろうダイスが転がっている状況を見れば、遊戯部の二人が真摯にゲームと向き合っているであろうことは容易く想像できる。

それに引き替え材木座はといえば、そんなことやっているはずもなく、ただ可愛いキャラにブヒブヒ言っているだけ……。

こんなの材木座に勝ち目があるわけがない。負けて当然だし、罵倒されて当たり前。

だが、俺は少しだけイラッとしていた。

別に材木座が馬鹿にされるのは構わない、否定されることに異論はない。けれど、彼らの言い分はどこかで決定的に間違っているのだ。

ただその苛立ちの正体が摑めずにいた。

ゲームは終盤に差し掛かっている。残り手札は遊戯部が五枚、雪ノ下たちが六枚、俺たちが八枚。枚数としては僅差だが、その実持っているカードの中身がまるで違う。遊戯部には俺たちが差し出したジョーカーがある。終盤になればなるほど初期パラメータの違いが戦術に大きく反映されていく。

由比ヶ浜は仕掛けどころと判断したのか、一瞬雪ノ下と目配せすると、三枚送り出す。さすがにこのタイミングでは誰も手が出せない。

雪ノ下が手札を引き継ぎ、席に座った。

「双方の話を聞いてみたけれど遊戯部のほうが正論のようね。比企谷くん、あなたもその、ざい……ざい……、彼のことを考えるなら正しい道を示してあげるべきだわ」

まるで俺を試すかのような微笑を浮かべて、雪ノ下はカードを切る。遊戯部もそれに続いた。

まぁ、雪ノ下の言うとおりだ。もしも材木座が本気でゲームライターなりラノベ作家なりを目指すなら、きちんと努力をするべきだ。

妄想を垂れ流して「ぼくのかんがえたさいきょうせってい」を書き殴っているだけじゃなく、それこそハリウッド脚本術だの学んだり、優れた作品の写経なり、やれることはある。秦野と相模、二人の努力は素直に賞賛されるべきものだと思うし、材木座の怠慢は責められてしかるべきだろう。

——けれど、それが、それだけが正しいわけじゃない。

正しいやり方が偉いだなんて、それこそが怠慢だと俺は思うのだ。

教科書に従って、カリキュラムをこなして、ノルマを達成して……。

それは今までの伝統と正攻法にのっとっているだけじゃないのか。過去の財産に依存して、権威に寄りかかって、未だ何者でもない自分自身を塗り固めるものではないのか。

自分の正しさを何かに委ねることのどこに正しさがある。

「別に遊戯部のやり方だけが正しいって決まったわけじゃねぇだろ。……あ、材木座は考えるまでもなく間違ってるけどな」

「そ。友達のあなたが言うならそれがいいのでしょうね」

「友達じゃねっての」

友達だったらこういうときは庇ってやるんだろうけどな。

けど、この手のアホは自分で自分に引導渡さなきゃわかんねえんだよ。俺が何か言ったたって無駄だ。材木座クラスのへたれになると諦めた理由すら人に求めるぞ。どうせなら一度こてんぱんにのされて徹底的に諦めちまえばいいんだ。

「あのさ……」

少し自信なさげな声で由比ヶ浜がそっと口を開いた。

「あたし、ゲームとかよくわかんないし、別に詳しくないんだけど……」

由比ヶ浜の他には誰も声を発しない。ただゆっくりと彼女の真剣な面持ちに視線が吸い寄せられていった。

俺は由比ヶ浜の言葉の続きを待った。手元のカードに眼差しを送っていた由比ヶ浜がすっと顔を上げる。

そして、しっかりと俺の目を見た。

「始め方が正しくなくても、中途半端でも、でも嘘でも偽物でもなくて……、好きって気持ちに間違いなんてない……と、思う、けど」

その言葉は誰に向けられているものだっただろうか。

考えかけたとき、ざっと、床を踏み直す音がした。

「……そうだ。その通りだ。……確かに、俺には、誇れるものはない」

声に作りこんだ色はなかった。情けないほど震えて、つっかえながら、けれどもけっして途切れることなく、言葉は続けられる。

「だから、これに賭ける。それの何がおかしい！　貴様らは違うのか！」

ずびっと洟を啜り、わなわなと肩を揺らして、材木座は慟哭した。息も切れ切れで、潤んだ瞳で睨みつける姿はどうみても敗残者のそれだ。

そんな痛々しい材木座を、秦野と相模は嫌悪に満ちた目で見た。いや、材木座ではなく、痛々しかった頃の自分たちをそこに見ていたのかもしれない。

――きっと、彼らだって好きなのだ。夢を抱いていたのだ。

けれど、夢は一人で背負い続けるには重すぎる。

大人になるにつれ、リアルな将来が見えてきて夢物語ばかり追っていられなくなる。

額面で二十万円切ってる給料だったり、有名大学の悲惨な就職率だったり、年間の自殺者数だったり、増税だったり、納めても戻ってくるあてのない年金だったり。

そんなことばかりがわかってきてしまう。ちょっと大人びた高校生ならそれくらいは理解できてしまうだろう。

みんな冗談混じりに働いたら負けだっつーが、あながち間違ってやしない。

そんな世界で夢だけ追う生活は苦しくて悔しくて、考えただけでため息が出る。

好きなだけじゃダメだったのだ。

だから彼らは補強した。知識を蓄えて、夢だけ見てる連中を眺め自分は違うのだと己を鼓舞した。

――けっして諦めたくないから。その行為を否定することがどうしてできる。

「……あんた、現実知らなすぎだよ。現実と理想は違う」

「そんなことはとうの昔に知っている！　作家になると投稿を続けていたゲーセン仲間は就職した！　二次選考に通ったことを自慢してた人は今ニートだ！　俺だって、現実くらい、知ってるんだ……」

材木座の拳が虚空で握られた。爪が肌を食い破りそうなくらい、強く、強く。

「ラノベ作家になると言えば、聞いた奴の九割九分は『バカな夢見てんじゃねーよ』だの『現実見ろよガキ』だのと腹の底でせせら笑ってることだって、知っている！　それでも……」

……そうだよな。俺たちは現実を知っている。

教室に突然テロリストが襲ってこないことも街がゾンビだらけになってホームセンターに立て籠ることもないことを俺たちは知っている。

ゲームライターになるだのラノベ作家になるだのって言い出すことは、普通の人間が聞けばそんなくだらない妄想と同じくらい荒唐無稽な夢だ。

本気で応援してくれる人間も本気で止めてくれる人間もいやしない。本気で夢を語っても誰も本気にはしないのだ。

だからいつしか諦めて、夢を見ていた自分を、夢を見ている人間を笑いたくなる。笑って、誤魔化したくなる。

だっていうのに、なんだってこいつは泣き叫びながら、洟を啜りながら、声を震わせながら、夢を語れるんだろうな。

「今、はっきりと確信した。我は作家になれなくてもライターになれなくても、それでも書き続ける。なりたいから好きなわけではない！　……好きだから、なるのだ！」

素直に羨ましいと思った。

疑いもせず、悲観論から入らず、好きだからの一言だけで自らの行く末を決めてしまえる愚直さが。愚かしいにもほどがあり、眩しいほどにまっすぐすぎる。

好きだって、そう素直に言える強さがあまりにも眩しい。冗談交じりでも強がりでもなく心の底から言える無垢さは俺がしまいこんでしまったものだから。

だから、もし。もしも、この勝負。材木座が、俺たちが勝ったのなら、そのときは信じてみてもいい。……負けたら信じないけどな。

「……材木座。お前のターンだ」

俺は材木座の胸に手札を握り締めた拳を押しつける。

材木座は自分の鼓動を確かめるように胸に手をやり、俺から手札を受け取ると椅子に座ろうと一歩踏み出した。

「……今さら何を言われたところで、我は諦めぬ」

すれ違いざま、幾分かトーンの落ちたちょっといい声で囁かれた。やめろ、そのいい声、耳に残っちゃうだろうが。

材木座は深く深呼吸をして、震えていた涙声を落ち着かせる。

「……ふっ、待たせたな。このデュエル、決着をつけようではないか……」

俺たちの残り手札は八枚。スペードのJ、クラブの8、ハートの3、ダイヤの4。

そして、四枚揃った6。

「くらえ！　インフィニティスラッシュ！」

しゅばっと音を立てて、材木座はカードを引き、ずばあああん！　と自分で言いながら場に叩きつけた。あれか、8を∞に見立てて8切りだから、スラッシュなのか。

「八幡」

材木座が手札とともに投げかけようとした言葉を制した。

みなまで言うな。わかってる。

俺は席に着き、手札を広げる。

使うならここだ。ずっと負け続けたからこそ、弱いままだったからこそ、それでも諦めずにいたからこそ使える。

根性？　忍耐？　精神論？　石の上にも三年？

違う、最初から狙ってた。

だから、今までの敗北は敗北じゃない。ちょっとやそっとの敗北なんて勝利への布石だ。

負けは認めるまで負けじゃない。俺の背後に立つ男は最後まで、きっと負けも間違いも認めない。なら、一番勝利に近い男だろう。

全部断たれて望みがゼロになっても、それでも吠え続けられるなら。何物にも拠らず己の純粋な意志だけを寄る辺として立ち続けるなら。

なら、それをして夢と呼ぶのだろう。

何者にも冒し難き貴い幻想。それゆえに一握りの者しか手にできない、世にも稀なる現実。

不覚にも、この状況にぞくっと来た。なんというクライマックス感。思わず、憧れていた台詞が零れ落ちる。

「しねぇなぁ……」

「ああ、しない」

その台詞に背中合わせに立つ男が答えた。

「「負ける気が、しない！」」

摑み取ったカードは四枚。それを机に叩きつけた。

「ジ・エンド・オブ・ジェネシス・TMレボリューション・タイプD!!」

材木座うるせぇ。レボリューションだけでいいだろ、なんだそのかっこいい言い方。うっかり才能感じちゃうだろうが。

由比ヶ浜は苦笑しているし、雪ノ下は嘲笑にも似たため息を吐く。肩を竦めて「パス」と告げた。

秦野と相模は喉に何か詰まらせたように、材木座を恨めしげに見る。

そりゃそうだろう。

だって、たぶん彼らも昔はこうやってゲームで遊んでたに違いないんだから。いつからかいろんなことが見えて、純粋に好きってだけじゃ足りなくて、だから彼らは言い訳を求めたんだ。

一瞬の躊躇はカードを選ぶためのものか、それとも自らの歩んできた道を振り返りでもしたか。

「パス……」

「よくやった、八幡。後は我に任せておけ」

わくわくした表情を隠しきれずに、材木座は笑いながら俺から手札をひったくる。

「ソード・オブ・ジャック！　……ＴＨＥ・リバース」

やけにかっこよく言ったが、お察しの通り、ただのスペードのＪだ。

「っておいバカ！　イレブンバックのせいで革命の意味なくなるだろ！」

革命発動下でイレブンバックの効果を使うと、当然バックする。つまり、反対の反対は賛成なのだということで、この場に限り、数字の序列が正常化する。ここは弱いカードを出して枚数削るべき局面だろ。

「え？　……あっ！」

材木座は目をぱちくりさせた後、自分の失策に気づいた。こいつ、技名叫ぶ気持ちよさのほうを優先しやがった……。

やっぱダメだこいつ。負ける気しないって言ったけど、これはもう無理。材木座、絶影持ってないし、俺もシェルブリットじゃねぇし。

由比ヶ浜が少し悩んでパスを選択すると、すかさず相模が出したのは、スペードの２。

ジョーカーを遊戯部が持っている以上、これを超えるカードを出せるものは存在しない。

秦野と相模は顔を見合わせてふーっと深い息を吐いた。

親は遊戯部に移り、革命は続行中だ。

遊戯部の残り手札は三枚。俺たちの手札は二枚ずつではあるが、ここで親になった以上、完全なる勝利の方程式が組みあがっているに違いない。

「まぁ剣豪さんの意気込みは買うんですけどね」

言うと、秦野がカードを二枚指の間に挟む。

「これが現実って奴ですよ」

死神の鎌でも振るように、その二枚を構えた。

届かない、か……。あの凡ミスがなければ勝てていた。が、今さら言っても仕方ない。

仕方ない……、脱ぐしかないのか、と思ったときだった。

「参ったわね……。何をどう計算しても勝てる要素がないわ……」

それまでずっと黙っていた雪ノ下が額を押さえて呻いた。予想外の人間が口を開いたために秦野の動きがぴたっと止まる。

「え……ゆきのん、なんでわかるの？」

「わかるでしょう、場に出ているカードをすべて数えていれば。あとは私たちの手札を引けば相手の手札が読めるじゃない。それに、大富豪と大貧民の間ではカード交換が行われる。強いカードは遊戯部に渡されるから特定することはそう難しいことではないわ」

「お前、コンピューターおばあちゃんかよ……」

場に出てるカード全部覚えればいいじゃん！　ってのは小学生でも考えつく方法だがそれを実際にやる奴はまずいない。記憶するだけで一苦労だし、戦術を考えながらでは難しい。そのうえゲームに熱中してくるとその辺どうでもよくなってくる。せいぜい2とジョーカーくらいしか気をつけない。

……こいつ、逆にバカなんじゃねぇのか。

「遊戯（ゆうぎ）部はジョーカーを8とのペアにして8切り、次にダイヤの7で上がり。比企谷（ひきがや）くんたちが残しているのはハートの3とダイヤの4。私たちが負けるのは確実ね」

苛立（いらだ）たしげに言うと、雪ノ下（ゆきのした）は手札を置いて席を立った。っていうか、マジでなんのカード持ってるかわかるのかよ。お前、アルター能力者？

雪ノ下は悔しげに唇（くちびる）を噛（か）みしめ、羞恥（しゅうち）に頬（ほお）を染めてそっとサマーベストの裾（すそ）に手をかける。屈辱に震える指がなかなか裾を摑（つか）めず、見てるこっちがやきもきしてしまう。

ふーっと短い息を吐き、奥歯を噛みしめて雪ノ下は細く長い指にきゅっと力を込めて裾をつまんだ。

ゆっくりと、持ち上げられ、隠されていたブラウスがその姿を露（あら）わにし始める。ボタンとボタンの間にある隙間から、そっと覗（のぞ）くのは白く陶器のように滑らかな肌。

嫌（いや）でも目が引きつけられてしまう。まぁ、全然嫌じゃないんだけど。

こくり、と喉（のど）が鳴るのと、かさり、と物音がしたのが同時だった。

なんだようるせぇな、静かにしろよ、見逃しちゃうだろうが。と思って物音のほうを睨（にら）みつけると、秦野（はたの）がジョーカーを一枚取り落としていた。

が、向こうも今はそれどころではないらしく、「す、すいません」と謝るとカードを拾うこ

ともせず、再び視線を上げた。……まったく。

ほんと気をつけろよな。さて……と俺も向き直るとその視界を思いっきり遮られた。

「ストップ。はい、そこまで」

女の子の手独特の柔らかさが俺の瞼に覆いかぶさる。

目の前にかざされた手をやんわりと払いのけると、由比ヶ浜がゴミを見る目つきで俺を見ていた。

「なんだよ……」

聞いたところでふくれっ面の由比ヶ浜は答えない。ぷいっとそっぽを向くと、お団子髪が不機嫌そうに揺れた。

「ゆきのん。別に脱がなくていいんだよ？」

由比ヶ浜が雪ノ下の両手を握り、動きを止める。すると、強張っていた雪ノ下の身体からゆっくりと力が抜けた。由比ヶ浜の手を力なく握り返す。

「……けど、勝負は勝負よ。あなたを付き合わせてしまったのは申し訳ないと思うけれど」

「あー、そうじゃなくてさ。……これ、勝てるもん」

そう言って、由比ヶ浜は机から自分たちの手札を拾い上げた。

「ほい、スペ3」

秦野がさっき落としてしまったカード。それは場に絵柄を晒して落ちていた。

「げえっ！」

相模はまるで横山光輝三国志のような驚きの声を上げる。

「げえっ！」

すると、相方の秦野もキン肉マンのような驚愕の表情を見せた。

スペードの3。それは本来であれば最弱のカードである「3」の一枚に過ぎない。だが、特定ルール下ではワイルドカード・ジョーカーに対する唯一の対抗手段とされる。さらに、革命ルールの状況下では3は最強の位置に座ることを許されるのだ。

大貧民という現代社会に酷似したゲームの中にあって、儚くも輝く希望の存在だった。

「はい、ゆきのん」

呆然としている雪ノ下に、由比ヶ浜はうきうきと最後のカードを渡す。

雪ノ下が由比ヶ浜の微笑と一緒に、気恥ずかしそうにカードを受け取る。

こうして勝利の女神はクイーンに微笑んだ。

部室には暮れゆく夕日が差し込み、逆光の中で誰かが小さくガッツポーズをしている。

勝利の瞬間はあっけない。俺はその余韻ともいえない余韻の中で遊戯部に語りかけた。

「好きとか嫌いとか、知識のあるなしじゃねぇんだ。……人生は運ゲーだ」

夢が叶うも叶わぬも運次第。勝つも負けるも運次第。ソースは『とっても！ ラッキーマン』。何これ無理ゲーすぎる。だからまぁ、材木座の夢が叶うかどうかも運次第だよな。

俺は短く吐息を吐くと、材木座と奉仕部に諭すように微笑みかけた。

「夢を諦めるのも、否定するのもまだ早すぎるんじゃやねぇのか」

「比企谷くん。いいから、早く服を着なさい」

×　×　×

遊戯部の部室を出ると、開け放たれた廊下から生ぬるい風が吹き込んでいた。長い時間、緊張状態を保っていたせいかやけに肩が凝っている。

肩に手をやり、首を曲げるとこきっといい音がした。横では由比ヶ浜がんーっと大きく伸びをしている。雪ノ下が小さな欠伸を噛み殺した。

「あの、すいませんでした」

「なんか、笑ったりして」

秦野と相模は自責の念を浮かべながらそっと頭を下げる。ちゃんと謝れるのは心根がまっすぐな証拠だろう。

それゆえに材木座の妄想を聞いたとき、言わずにはいられなかったに違いない。

ある意味では彼らだけが、材木座の語る夢を本気で受け止めてくれたのだ。そうでなければ否定なんてしない。

——ああ、俺は違うけどな。俺は材木座を心底カスだと思って否定している。

「むほ？　……ふははは！　わかればいいのだ！　なぁに、あと数年待っていろ。この材木座義輝プレゼンツの素晴らしいゲームを世に送り出してやろう」

態度がでかくなった材木座は鬱陶しいが、遊戯部の二人はそれすら笑って許した。

「はい、剣豪さんのゲーム、楽しみにしてます」

「まぁ、版権は会社に帰属するから剣豪さんだけのゲームってわけじゃないですけど」

そこで、ぴたりと材木座の笑い声が収まった。

「む、む？　ど、どういう意味だ？」

問われて秦野と相模は顔を見合わせる。それから逐一丁寧に説明してくれた。

「会社で作るものは基本的に会社の著作物になるんですよ」

「こういうのは共同著作権として権利が会社に帰属するんです」

「契約にもよりますけど、ライターだと買い切りが多いんじゃないかな」

「買い切りの場合、どれだけ売れても最初の金額以上はもらえないです」

「マ、マジでぇ!?」

材木座がどしゃっと鞄を落とした。

「じゃ、じゃあ、やめようかな……。うん、やめるわ」

こいつ……。急激に素になったぞ……。な、殴りてぇ……。

俺は今にも材木座(ざいもくざ)のテンプルを打ち抜きそうな自分の拳を必死に抑える。遊戯(ゆうぎ)部の二人も呆(あき)れるどころかもう半ば同情気味に苦笑していた。

「うぬぅ、大ヒット飛ばしても我(われ)の取り分が少ないなら意味ないな。やはりラノベ作家が一番か！　おっとそうと決まればこうしておれぬ。早くプロットに取り掛からねば……」

そう言って材木座は鞄(かばん)を拾い上げると、腕を組んだままずんずんと大股で歩き始めた。

「ではな、八幡(はちまん)！　さらばだ！」

俺はそれに返事をせず、片手をひらっと上げて早く行けと合図を送る。すると、向こうは喜(き)色満面(しょくまんめん)で手を振りかえしてきた。

……なんというか、奉仕部始まって以来の無駄働きだな。

「なんか、変な人っすね」

秦野(はたの)がぽつりと漏(も)らした。

「だろ？　あれと関わるとろくな目にあわねぇんだ」

「いや、先輩たちも結構変ですけど……」

今度は相模(さがみ)が少し冷めた顔で言った。

「な、おいお前、超常識人に向かってなんつーことを」

「それはどこの文化圏の常識なのかしら……。あなたみたいな変人と一緒にいるととても疲れるわ」

「いや、ゆきのんも結構おかしいよ……」

クールに言い放った雪ノ下を見て、たははとちょっと困ったように由比ヶ浜が笑う。

すると、雪ノ下は別段怒るでもなく、ふっと優しげな微笑みを浮かべた。

「そうね。私も比企谷くんもどこかまともではないようだから、……だから、由比ヶ浜さんみたいにまともな人がいてくれると、とても助かる、のだけれど」

残照に照らされて、わずかに朱に染まる雪ノ下の頰。それをぼーっと眺めていた由比ヶ浜の口元にじわじわと喜びの色が滲み出てきた。少し瞳を潤ませるとがっと雪ノ下の右腕に抱きついた。

「……う、うんっ！」

雪ノ下は小さく「暑苦しい……」と呟くが腕をほどく素振りもせず、そのままにしている。

「とりあえず、部室戻るか」

俺は声をかけて先を歩く。数歩遅れて雪ノ下と由比ヶ浜もついてくる。

とりあえず、雪ノ下と由比ヶ浜のよりが戻ったってことでいいんだろうか……。

うーん、我が兄ながらダメだな、この人……

一番話す女の子は誰?

それ本人に言ったら
殴られるよ……。
先生以外で話すのは?

はぁ……。
あ、お兄ちゃん。
晩御飯、ぶたしゃぶで
いい?

じゃあ、小町
お買いもの行って
くるね♪

一番話すのは平塚先生だが……
でも、あの人女の子って年じゃねぇしな

戸塚かな。戸塚だ。戸塚だよ。戸塚しかいない。今日なんてチョココロネの食べ方で議論になってな。戸塚はちぎって食べる派なんだ。まぁその理由があんまり大きく口開けられないかららしいんだが、実際に戸塚の口見ると小さくて非常に可愛らしいわけだ。で、試しにそのままかぶりついてもらったんだが、唇についたチョコをなめとる時の舌の動きがこう……ま、まぁ一番あれだったのはあれだな！ チョコを舐めてる姿を見られたとき、恥ずかしそうに視線を逸らした時の表情が！

おい、待て、まだ話は終わってないぞ。それでな

ちょ、ちょっと待てって、聞け聞いてください！
それで戸塚はメロンパンが！

6 ようやく彼と彼女の始まりが終わる。

部室に着いて、ふと窓の外を見ると、夕日が東京湾へゆっくりと沈んでいくところだった。東側は薄い藍色を流したように夜の幕を引こうとしている。

「けど、どうしようかしら……。せっかくケーキを焼いてきたのに」

俺と同じように空の色を見ていた雪ノ下がため息混じりに言った。確かにもうじき完全下校時刻だ。ちょうどケーキを切ったあたりでチャイムが鳴るんじゃなかろうか。

すると、由比ヶ浜が呆けた顔で首を捻った。

「ケーキ？　なんでケーキ？」

「なんでって……ああ、まだ話していなかったのよね。今日は由比ヶ浜さんの誕生日をお祝いしたくて呼んだのよ」

「へ？」

「由比ヶ浜さん、最近、部活に来ていなかったし……その、これからもしっかり励んでほしい、とそういう話をしたかったのよ。あとは、その……感謝の証、とでもいうのかしら」

照れ隠しのように、こほん、と小さく咳払いをした雪ノ下が言い終わらないうちに由比ヶ浜は雪ノ下に飛びついていた。

「……ゆきのん、あたしの誕生日覚えててくれてたんだ」

いや、覚えてたというかメアドから推測しただけだぞ、そいつ。

だが、経緯はどうでもいいようで、由比ヶ浜はじんわりと喜びの余韻に浸っている。

「でも、今日は無理そうね」

さすがに暑苦しかったのか、雪ノ下が由比ヶ浜を引きはがしながら言う。由比ヶ浜は若干抵抗していたが、何か思いついたようにポンと手を打った。その隙に雪ノ下がするりと拘束から抜ける。

「じゃあさ、外行こ。外」

「え、けれど外といっても……」

突然の提案に雪ノ下が少し戸惑っている。だが、由比ヶ浜はまぁまぁと押し留めて、任せろと言わんばかりにぱちっとウインクした。

「お店の予約とかあたしがやっとくから気にしない気にしない。ケーキ用意してもらっただけで、もう充分嬉しいし」

「ケーキだけではないけれど……」

「ま、まさか、プレゼントも!?」

由比ヶ浜が目をきらきらと輝かせて雪ノ下を見つめる。さっき抱きついて引っぺがされたばかりだというのに、また距離を詰めていた。

雪ノ下はまた飛びつかれるのを警戒しつつ、由比ヶ浜の問いに答える。

「ええ、まぁ。……別に私だけが用意しているわけではないけれど」

そう言って、ちらりと俺に視線を送った。

「え……っていうと……」

雪ノ下の言葉の意図を察したのだろう。由比ヶ浜はちょっと困ったように曖昧な笑顔を浮かべた。

「あ、あはは。まさかヒッキーがプレゼント用意してるなんて思わなかったなー。その、こないだから、ちょっと……微妙だったし」

俺と由比ヶ浜の目が合う。だが、俺も、由比ヶ浜もすぐに逸らしてしまった。

雪ノ下が一緒にいるときには、妙な気まずさにも気づかないふりをしてやりすごすことができていた。

だが、わざわざあいつが俺に水を向けるということは、何かがあったことにはちゃんと気づいていて、さっさとそれを解決しろということなんだろう。普段まったく優しくないのに変なところでおせっかいだよな、あいつ。

鞄の中から小さな包みを取り出すと、由比ヶ浜へすっと無造作に差し出した。

「……いや別に、誕生日だからってわけじゃねぇんだ」

「え？」

俺は妙に言いづらい雰囲気に飲まれながらも、へどもどしそうな口をできるだけ、しっかりと動かした。

「少し、考えたんだけどよ。なんつーか、これでチャラってことにしないか。俺がお前んちの犬助けたのも、それでお前が気を遣ってたのも、全部なし」

告げてから、俺は由比ヶ浜の反応を窺わないように矢継ぎ早に続ける。

「だいたい、お前に気を遣われるいわれがねぇんだよ。怪我したのだって相手の入ってた保険会社からちゃんと金貰ってるし、弁護士だの運転手だのが謝りに来たらしいし。だからそもそも発生する余地がねぇんだ。その同情も気遣いも」

一言、口にするたびにぎゅっと心臓を掴まれたような嫌な圧力がかかる。それでも言わなければ終わらせられない。

「それに、由比ヶ浜だから助けたわけじゃない」

由比ヶ浜は一瞬、もの悲しそうな瞳で俺を見たが、すぐに俯いてしまう。

「俺が個人を特定して恩を売ったわけじゃないんだから、お前が個人を特定して恩を返す必要ないんだよ。けど、その、こうなに、……気を遣ってもらってたぶんは返しておきたい。これで差し引きゼロでチャラ。もうお前は俺を気にかけなくていい。だから、これで終わりだろ」

言い終えて、ふーっと息を吐くと胸のつかえまでとれた気がした。

これで解放されるのだ、全部終わりにできる。痛々しい勘違いも見当違いの自衛行動も。たぶん、これすらも痛々しい勘違いで見当違いの自衛行動なんだろうけど。

由比ヶ浜の表情は窺えず、ぎゅっと固く引き結んだ口元だけが見えた。

「……なんでそんなふうに思うの？　同情とか、気を遣うとか、……そんなふうに思ったこと、一度もないよ。あたしは、ただ……」

小さく囁くような声は震えている。それを俺も、雪ノ下も、ただ黙って聞いていた。答える術を持たない俺たちにできたのはそれだけだった。

部室の隅に、ほのかな闇が蟠る。また少しだけ陽が傾いた。

「なんか、難しくてよくわかんなくなってきちゃった……。もっと簡単なことだと思ったんだけどな……」

由比ヶ浜の声音はさっきより、いくらか明るい。けれど、無理に弾んだ声を出そうとしたせいで、その言葉は宙に浮いたようにふわふわと頼りなげだった。

その朧げな空気を、冷たい声が引き裂いた。

「別に、難しいことではないでしょう」

雪ノ下は夕日を背にして立つ。開け放たれた窓から潮風が吹き込み、彼女の髪を揺らした。

「比企谷くんには由比ヶ浜さんを助けた覚えはないし、由比ヶ浜さんも比企谷くんに同情した覚えはない。……始まりからすでに間違っているのよ」

「まぁ、そうだな」

俺が答えると、雪ノ下は頷く。

「ええ。だから、比企谷くんのいう、『終わりにする』という選択肢は正しいと思う」

始め方が間違っていたのだから、結果もまた間違っていて当然だ。そこにどんな想いが込められていたとしても、答えはきっと変わらない。

仮に。もし仮に。その想いが何か特別なものであったとしても、だ。

偶発的な事故で芽生えただけの感情を、自己犠牲を払ったおかげで向けられた同情を、他の誰かが救ったとしても生まれていた可能性のある恋情を、本物と認めることはできない。

俺が彼女を彼女と認識せずに救ったのならば、彼女もまた、俺を俺と認識せずに救われたのだから。なら、その情動も優しさも俺に向けられているものではない。救ってくれた誰かへのものだ。

だから勘違いしてはいけない。

勝手に期待して勝手に失望するのはもうやめた。

最初から期待しないし、途中からも期待しない。最後まで期待しない。

由比ヶ浜はしばらく黙りこくっていたが、ぽつっと呟いた。

「でも、これで終わりだなんて……なんか、やだよ」

「……馬鹿ね。終わったのなら、また始めればいいじゃない。あなたたちは悪くないのだし」

「は？」

予想外の言葉に思わず聞き返してしまった。

すると、雪ノ下は涼しげな顔で肩にかかった髪を払う。

「あなたたちは助けた助けられたの違いはあっても等しく被害者なのでしょう？　なら、すべての原因は加害者に求められるべきじゃない。だったら……」

雪ノ下は、一旦言葉を区切った。そのわずかな間、俺と由比ヶ浜とを交互に見据えた。

「ちゃんと始めることだってできるわ。……あなたたちは」

そう言った雪ノ下は穏やかな、けれど、少し寂しげな笑顔を浮かべる。

夕映えの中で細められた瞳が何を映しているかはわからなかった。

「私は平塚先生に人員補充完了の報告をしてこないといけないから」

思い出したようにそう言うと、雪ノ下はそっけなく踵を返した。普段よりもやや速い足取りで雪ノ下は歩く。けっして、振り返らず、そのまま部室を出て行った。

後には俺と由比ヶ浜だけが残される。雪ノ下は言いたいこと言ったからいいのだろうが、この妙な空気、どうしてくれんだよ。

由比ヶ浜はちらちらと俺の様子を見ながら、一人でタイミングを計り、そっと確かめるように話しかけてきた。

「えっと、その、よ、よろしくお願いします……」

自己完結な台詞のあとに、なぜかぺこりと頭を下げられた。

「あ、ああ……」

何がよろしくなのか、全然わからん。

どこか釈然としない。雪ノ下に言いくるめられた気分だ。屁理屈は俺の十八番だったのに、お株を奪われてしまうとは……。

苦笑していると、俺の背中をちょいちょいと由比ヶ浜が突ついた。

「……ね、これ開けていい？」

「お好きにどうぞ」

もう渡した以上、その所有権は由比ヶ浜にある。わざわざ俺に許可を取らんでもいいのに。

由比ヶ浜は包み紙を丁寧に開くと、目を丸くして吐息を漏らす。

「わぁっ……」

黒のレザーを数本に分けて編みこみ、中央には丸いシルバーのタグ。茶色の毛にはよく映えるはずだ。我ながらなかなか良いチョイス。ダテに長年、小町の誕生日プレゼントを買わされていない。俺は妹のパシリには定評があるのだ。

そんな俺の選択は由比ヶ浜にもそれなりに満足いただけたようで由比ヶ浜はプレゼントを穏やかな瞳で見つめている。

「ちょ、ちょっと待って」

言うや、由比ヶ浜は俺にくるっと背を向ける。三十秒もしないうちに、前髪をいじりながら顔をあげた。

「に、似合う、かな？」

少し恥ずかしそうに視線を外して立つ由比ヶ浜の白い首元を黒のレザーが彩る。夕日を受けた茶髪とのコントラストが綺麗に映えていてとてもよく似合っていた。

けれど、言いづらいな……。

でも、こういうことはちゃんと言ったほうがいいだろう。

「いや……、それ、犬の首輪なんだけど……」

なのに、なんでこいつこんな似合うんだよ……。

「へ？」

由比ヶ浜の顔が見る見るうちに真っ赤になる。

「――っ！　さ、先に言ってよ！　バカっ！」

そう叫ぶと由比ヶ浜は包み紙を俺に投げつけてくる。いや、見て気づかんのか。あー、まぁ大きさ調整できるしな……。

「ほんっとに、もう……。お店に電話してくるっ！」

由比ヶ浜はぷりぷり怒りながら首輪を外すと、怒りの勢いそのままに教室を出て行こうとする。が、扉を開けたところで立ち止まった。

「……ありがと、バカ」

こちらには振り向かず、一言、そう言い残して由比ヶ浜は勢いよく扉を閉める。返事する間すらなかった。

「……はぁ」

俺は深い深いため息を吐くと、一人残された教室で窓辺を見る。ついさっきまで雪ノ下が立っていたその場所を。

俺と由比ヶ浜が座っていた席と、雪ノ下のいた場所との間は僅か二メートル足らず。なぜか、ふと、その距離は越え難く、見えない線が引かれているように感じた。

俺たちと彼女とを明確に分けるもの、その事実に、あるいは真実に気づくのはもう少し先のことだ。

了

B.T!

ぼーなすとらっく！「たとえばこんなバースデーソング」

このぼーなすとらっくは、『やはり俺の青春ラブコメはまちがっている。』③巻ドラマCD付き限定特装版のドラマ脚本を小説形式にリライトしたものです。CD脚本は、③巻本編直後のエピソードとなっております。本編読了後に読むこと、聞くことをお勧めします。また、改稿に際し、音声とは若干異なる部分がございますこと、あらかじめご了承ください。

誕生日。

それは自分自身が生まれた日であると同時に、新たなトラウマが生まれる日でもある。

例えば俺だけ呼ばれなかった誕生日会、俺のためかと感動してたら俺と同じ日に生まれたクラスメイトのために歌われていたバースデーソング、俺の名前が間違っている誕生日ケーキ……。ていうか、最後、俺の母ちゃん何やってんだよ。息子の名前間違えんなよ。

しかるに、赤ん坊が生まれたときに泣いているのは世に生まれ出た感動からではなく、母親から離れ、世界に初めて孤独を感じるから泣くのかもしれない。

だから、誕生日とは孤独のスタートなのだ。

古人曰く、初心忘るるべからず。

したがって、誕生日を独りで過ごすことは正しく、お友達と仲良くお誕生日会など間違っている。……けど、誰かを祝う気持ちに間違いはない、よな。

×　×　×

私が特別棟の廊下を歩いていたときのことである。前方、数メートル先に、上機嫌で鼻歌交じりに楽しそうに歩く女子生徒の姿を発見した。彼女の名は由比ヶ浜結衣。普段から明るい彼女だが、今日はことのほか楽しそうな様子だった。

「ふんふんふ〜ん♪」

「おや、由比ヶ浜。えらくご機嫌だな。廊下で鼻歌だなんて、いいことでもあったのかね」

私が声をかけると、彼女は立ち止まり、温かい笑顔を浮かべて答えた。

「あ、平塚先生。やー、あたし今日誕生日なんですけど……、なんかゆきのんが誕生日パーティー？　やってくれるんですよ！」

誕生日……。そう、この年頃ならまだ楽しいことなのだろう、私くらいの年にもなると、おっといけない。なんにせよ、彼女にとっては楽しいことだ。きちんと祝福してやらねば。

もっとも彼女が私と同じ年になったとき、そうした祝福を素直に受け取ることができるかは定かではないが。

「おお、今日は君の誕生日か。それはおめでとう。仲良くやっているようで何よりだ。雪ノ下には着実な成長が見えるからいいが、それに引き替え……はぁ…」

ふと、一人の男子生徒の顔がよぎる。それは由比ヶ浜も同様なのか、困ったように薄い微苦笑になった。

「……あー。や、や、でもヒッキーも、そのー、基本クズだけど、ときどき優しい、というか、プレゼント、くれたり、とか」

　その反応を見てついつい私の頬も緩んでしまった。

「ほおう？　別に私は比企谷とは一言も言っていないがね」

「は!?　まさか今のはひっかけ問題!?」

　由比ヶ浜はうろたえた様子で驚く。が、ひっかけ問題ではない。

「それを言うなら誘導尋問だな。まぁいい。あの二人については君が頼りだ。面倒な連中だが仲良くしてやってくれ」

　む。少し教師らしいことを言ってしまったかな？　と思いつつ、由比ヶ浜を見ると、由比ヶ浜は呆けた表情の後、素朴な感想を漏らした。

「は、はぁ……。……先生、なんかママみたいですね」

「ぐはっ！　そ、そんな年じゃ、ない、んだが、な……」

　瞬間、心臓を鈍器で殴りつけられたような衝撃に襲われた。ふらつきそうになる足を懸命に堪えて私がにっこりと微笑むと、由比ヶ浜はあわあわしながら言葉を継ぐ。

「あ、い、いやーそういう意味じゃなくて、こう、ママっぽい？　とかそういう意味で。あー、そ、そう母性的！　先生はいいママになりますよ！　結婚さえすれば！」

「ごはっ！　くっ！　悪気がないのがわかっているぶんダメージが大きいな……」

　抜刀術は抜き放った後こそ最大の隙が生まれる。そのため二段構えであると「るろうに剣心」で読んでいなければ対応しきれずに今の衝撃で倒れてしまうところだった……。

　大丈夫だ、基本的には褒められている。まだだ、まだ諦めるような時間じゃない！

ガンバ！　私！

私が自分を励ましていると、由比ヶ浜が何か思いついたように口を開いた。

「あ、そうだ！　先生もパーティー来ません？」

「ふむ。せっかくのお誘いだが遠慮しておこう。私も今日は別件のパーティーがあってね」

「先生も誰かの誕生日なんですか？」

「い、いやそういうわけでは……。婚活パーティー、とは口が裂けても言えないな」

……何のパーティーか聞かれる前に、話題を逸らしてしまおう。

「っそれより、主賓がこんなところにいていいのかね？　みんな待っているのだろう？」

「あ、そうですね。じゃ、先生またね！」

「ああ、楽しんできたまえ」

由比ヶ浜が駆け去っていくのを見送って、私は窓の外に広がる暮れなずむ空を見上げた。

「…………はぁ、結婚したい」

×　×　×

静かな部室で、俺と雪ノ下は本を読んでいた。これだけならいつもの光景だ。いつもと違うのは珍しいことにこの後に予定があることである。

「なぁ、雪ノ下。今日はもう部活なしでいいんだよな？　まぁ、あったところでこうして本読んでるだけだと思うけどよ……」

雪ノ下は俺のほうには視線を向けず、文庫本のページをひらりとめくって答えた。

「そうね。この後は由比ヶ浜さんの誕生日を祝うわけだし、奉仕部としての活動はできないわね。何か文句でもあるのかしら？」

「や、別に文句ないしむしろ休みでラッキーって感じなんだが。ほんと由比ヶ浜が生まれてきてくれて良かったよなー。おかげでもう今日は部活しなくて済むし」

「話のスケールが大きいのか小さいのかわからないわね……。はぁ、相変わらず底の浅い人間だこと」

呆れた様子で雪ノ下が本を閉じた。が、呆れたのはこっちも同じだ。わかってないわー、雪ノ下さん、何もわかってないわー。

「ばっかお前、底が深ければいいってもんじゃないだろ」

「深いほうがいいと思うけれど？」

雪ノ下が俺の予想通りの疑問を口にした。

「深い川とか流れが急だし底まで見通せないし、足が着かないだろ。逆説的に底が浅い俺は穏やかで見通しのきく地に足着いた人間ということだ」

ふふん、とちょっと自慢げに俺が言うと、雪ノ下は困惑の表情を浮かべる。

「なぜかしら……まるで比企谷くんが立派な人間のように感じるわ……」

「なぜだろう……まるで俺が立派な人間じゃないと言われているように感じるんだが……」

おかしくないか。俺、結構ちゃんとやってると思うぞ。が、雪ノ下は小首を傾げる。

「え？　あなたに立派な要素は一つもないでしょう？」

「なんで可愛くきょとんと首捻ってんだよ。辛辣な言葉とのギャップで余計ダメージ食らうだろうが」

そう言うと、雪ノ下は取り澄ました表情で答えた。

「ごめんなさいね。嘘がつけない性格なのよ」

「謝るポイントが間違ってるだろ……。おい、いいか。俺は友達と彼女がいないことを除けば基本高スペックなんだぞ」

俺が改めて宣言すると、雪ノ下は頭痛でもするのかそっと額を押さえる。

「それは一般的には致命的な欠陥なのだけれど……。まぁ、いいわ。その一般論には私も異を唱えたいところだし」

「だよなぁ。友達とか彼女の数が多けりゃいいってのは個人の否定だよな。世にいう立派な人、偉人とか天才とかって呼ばれるなかには友達全然いない人だっているし。まぁ、何より学年一位で何でもできる天才少女のお前も友達いないもんなぁ」

「ひ、一人はいるもの……」

俺の言葉に雪ノ下は照れた様子で反論してくる。その一人、というのは俺も知っているあの子のことだろう。

「ああ、由比ヶ浜な。でもさー、友達って『達』ってついてるから基本的に複数いることが前提なんだよな。——だから、お前に友達はいない！」

「また屁理屈を……」

雪ノ下が馬鹿にしくさったように言い放ったとき、部室の戸が開かれた。

「やっはろー！　ん、なんの話してるの？」

アホアホしい挨拶と共に現れたのは由比ヶ浜結衣だ。

「あら、由比ヶ浜さん。いえ、比企谷くんが自分が立派な人間だと言って譲らないものだから」

それを聞き、由比ヶ浜は手を打って爆笑しだした。

「あっはっはっ！　それはないないない！」

「速攻で否定すんなよ……。待て落ち着け。順を追って俺の立派さを説明してやる。まず俺の顔がいい時点でプラス1ポイント」

「目が腐っている。マイナス1ポイント」

「しかも自分で言っちゃうし……」

女子二人が盛大に引いていた。

「くっ！　な、なら……この進学校にいる、プラス1ポイント」

「留年の可能性あり。マイナス1ポイント」

「……あ、あはは。あたしはひ、人のこと言えないかも。保留で」

雪ノ下は冷然といい、由比ヶ浜はさも困ったように笑う。ま、まぁ今までのはちょっとあれだったな。わりと抽象的と言うか、主観によるところが大きかったな。今度は具体的かつ絶対的な説得力をもつものにしよう。

「じゃあ、これでどうだ、文系コース国語学年三位。プラス1ポイント！」

「ただし数学九点で学年最下位。マイナス1ポイント」

「う、ううう。あたし一二点だった……保留で」

由比ヶ浜が半泣きだった。他のこと、他のこと……。

「ぐぬぬぬっ……。あ、あとは……い、妹への愛情が深い、とか」

「でも、それただのシスコンじゃん……」

二人とも、変態は死ねという目をしていた。

「マイナス2ポイント」

「そこだけ配点おかしくねぇか!? くそっ！ 他には……だ、ダメだ。な、何も思いつかねぇ……」

考えたが他にまったく出てこない。悩む俺に向かって、雪ノ下が勝気に微笑む。

「もう終わりかしら？ こちらにはまだまだあるけれど」

「なん……だと……」

まだだめなとこありましたか……。なに、お前、神様のメモ帳でも持ってんの？ 雪ノ下はそっと視線を逸らすと、ぼそっと呟く。

「例えば……、由比ヶ浜さんの誕生日をちゃんと祝ってあげる。プラス1ポイント。……なんてね」

「は？ なんか言った？」

「別に。さ、そろそろ行きましょう。ケーキにフルーツを使っているのよ。新鮮なうちに食べたほうがいいわ」

俺は問い返したが雪ノ下は涼しい顔で受け流し、椅子を引いて立ち上がった。

「お、おう……」

続いて、俺と由比ヶ浜も椅子から立ち上がる。

「やった！　ケーキだ！　ゆきのん、フルーツって何使ったの!?　スイカ!?」

「そこでまっさきにスイカが出てくるあたり、相変わらず料理は苦手なのね……」

×　×　×

俺たちは部室を出て、てくてくと廊下を歩く。一階まで来てから、小町からメールを受け取っていたことを思い出した。

「で、これからどこ行くんだ？　小町も来たがってたから呼んでやりたいんだけど」

「いいんじゃないかしら？」

雪ノ下が頷いてから由比ヶ浜が答える。

「駅前のカラオケだよ。五時からフリータイムでお得だし」

「おお、わかった。んじゃメールしとくわ。しかし、……フリータイムか。嫌な言葉だ」

ふと嫌ぁな思い出がよぎった。すると、不思議そうな顔で由比ヶ浜が尋ねてくる。

「へ？　なんで？　フリーだよ？　自由な時間、超いい意味じゃん」

「自由が無条件で素晴らしいものとは限らないわ。自由とは庇護も保護もないことだもの」

雪ノ下がもっともらしいことを言ったので、俺もそれに頷く。

「その通りだ。修学旅行、遠足、プールの授業……。自由時間と言われるたびにどうしたらいいか、昔の俺は悩んだもんだぜ。プールのときなんてやることないから二キロは泳いでたぞ」

「それはもはや遠泳ね」

ですよね、明らかに授業の範囲超えてますよね。辛かった……。

「ははは、その点、修学旅行のときなんかは慎ましく黙って三歩後ろを歩けばいいだけだから楽なんだけどな」

「嫌な大和撫子ね……」

そんなきわめてどうでもいい話をしながら昇降口のあたりまで来たとき、ふいに高笑いが響いた気がした。

「ふっはっはははっ！、八幡っ！」

……なんだ、気のせいか。

「でもなんでまた、カラオケなんだ？」

「ぬ？　クククククッ、八幡……」

俺が問うと由比ヶ浜は一思案。

「えー？　うるさくしてもあんまり怒られないし、飲み物飲み放題だし」

「ほむん。……は、八幡？　もしもし？」

「それに誕生日のときなんかはケーキの持ち込みができるそうよ」

「お店と相談してみてだけどね」

やはりさっきの高笑いは気のせいだったようで、俺と雪ノ下、由比ヶ浜は会話を続ける。

「ふーん、っつーか、由比ヶ浜の誕生日なのに、由比ヶ浜が店予約したのか？」

「……っ！　し、仕方ないじゃない。こういうとき、どうすればいいのかわからなかったのだから」

「やー、ぜんぜん気にしなくていいよ？　それにほら、やっぱお祝いしてもらうだけで嬉しいし、ゆきのんに頼られてるなーって思うと、……もっと嬉しかったり」

「由比ヶ浜さん……」

「えへへ」

二人は少し照れたように頬を染めてお互いに微笑みを交わす。

そのとき、激しく地面を踏み鳴らして割り込んでくる黒い影が！

「ジャアッスタモーーメンッ！　ドンッリィ！」

激しい怒号に雪ノ下と由比ヶ浜の身が竦む。ついでに俺も。

「きゃあ！」

「うひゃあ！」

「うおおっ！　びっくりしたぁっ！　……んだよ、材木座かよ。なに、いたの？」

いたの？　マジで？

「ゴラムゴラム！　いたかと聞かれればまずは我の存在証明からしなければならないことになるが？」

わざとらしい咳払いの後、もったいつけた言い回しが飛んでくる。めんどくせぇ。

「あー、そういう面倒くさいのいいから。どうした？　何か用か？」

問いかけると材木座は偉そうに腕組みをして答える。

「ふむん。あれからすぐに新作ラノベの設定を考えたのでな……別に見せてもいいんだが？」

「なんでちょっと上から目線なんだよ……。だいたい設定とかプロットじゃなくて完成原稿持ってこいよ」

「なっはっはっはっ、なぁに、今度のは設定だけでも白飯三杯だぞう？　さぁ、とくとごろうじろ！」

「今から？　悪いけど、これから用事あんだ。今度でいいか？」

紙束を渡してくる材木座を軽やかに拒絶すると、奴はふと遠い目をして語り出した。

「るふぅ、こんな話を知っているか？　チャンスの神様には前髪しかない。だから逃すな、と……。……むぅ？　なぁ、八幡、前髪しかないなら手とか足とか摑めばいいと思わぬか？」

「知らねぇよ、自分でよくわかってない話を引用すんな……。まぁ、急ぎならそれこそネットの掲示板とかで評価貰えって」

「それはできぬ相談だな。『コポォｗｗあのお方文章下手くそすぎるでござるｗｗｗムホォｗｗｗ作家の才能ないでおじゃるｗｗｗ』とか他のワナビに書き込まれたら我は死を選ぶぞ」

「文章力とか発想力の前に精神力鍛えようぜ？　な？」

材木座の余りのダメさに思わず優しく諭すように言ってしまった。

と、雪ノ下が俺の顔を見上げた。

「ねぇ、比企谷くん、ワナビって何かしら？」

「や、俺も詳しくは知らんがラノベ作家志望者のことをそう呼ぶらしいぞ」

諸説さまざまあるだろうが、確か「アイ・ワナ・ビーなんたら」で「私はなんたらになりたい」という英語から来ているらしい。が、詳細は知らない。よく知らないのは由比ヶ浜も同様なのか感心したように息を吐く。

「へー、千葉動物公園にいるやつかと思った」

「……千葉動物公園にワラビーいないけどな」

「由比ヶ浜さん、あそこにいるのはオオカンガルーよ」

雪ノ下が大真面目に答えると、由比ヶ浜が顔を赤くして反論しだした。

「か、カンガルーくらいわかるし！　なんかほら、もっと小っちゃいのいるじゃん！　あれと間違えたの！」

「……もしかしてミーアキャットかしら」

「それだ！　ちっ、惜しかったかー。……じゃあ次の問題行こう」

「いや、惜しくもねぇし、千葉県横断ウルトラクイズもやってねぇから」

あと、お前ら千葉動物公園に詳しすぎだ。引くわ、マジで。

「ええい！　そんな有袋類のことなどどうでもいいわ！」

材木座がばんばんと原稿を叩いて力説し始める。

「今度のは自信作なのだ！　今まではゴミカスワナビと呼ばれていたが、余計な部分がとれるのも時間の問題だろう……」

すると、雪ノ下が顎に手をやり、感心したように頷いた。

「なるほど。では、これからはゴミカスと呼ばれるのね」

「そっち取っちゃうのかよ……」

正しくはゴミカスワナビからゴミカスが取れてワナビになる、だよな。——つーか、余計なの取れてもワナビどまりなのかよ……。

だが、材木座は自信ありげに不敵に笑う。

「ふっ、読めばすぐに違いがわかる。……むーん？　ところで、八幡、今日は一体なんの用があるのだ？」

「ん？　や、由比ヶ浜の誕生日なんで軽くお祝い」

「何⁉　誕生日だと⁉　そ、それはもしや英語で言うとバースデーとかいうやつか⁉」

「まぁそうだな。英語で言う必要一切ないけどな」

すると、材木座はわなわなと感動に打ち震えるようにして口を開いた。

「おお、古き言い伝えは真じゃったか……その者、一七歳の誕生日を迎えるとき、剣豪将軍も寿ぎに駆けつけるであろう……」

「なんか反応が怖いんですけど……」

由比ヶ浜が勢いよく引き、俺を盾にするように下がった。

「ババ様は誕生日って聞いて錯乱してるんだろ。まぁ、千葉県民は誕生日の話題に敏感だからな」

「そうかしら？　あまり気にしたことないけれど」

「いや、千葉の小中学校は出席番号が誕生日順じゃんか」

はてなと首を傾げる雪ノ下に俺が答えると、由比ヶ浜が納得したように声を上げる。

「あーっ！　確かにそうだった！　高校になったらいきなりあいうえお順になって驚いたよね」

「そうね。生年月日順というのは全国的には珍しいそうね」

「いかにもいかにも。それゆえ、悲劇も起こりうるのだ……」

「いきなりなんだよ材木座」

訳知り顔の材木座の表情が突如として暗くなる。

「……一昨日は前の席の奴が皆に祝われ、三日後は後ろの席の奴が祝われる……」

「あーなるほどな」

「華麗にスルーされてるわけね」

確かに、学校がある時期に誕生日を迎えてしまうとそういうこともあるだろう。もっとも俺は誕生日が夏休み中なのでそういう経験はない。だから素直に納得してしまった。

「そう考えると、ぼっちに厳しい県だよな、千葉県って」

「もほん、何を他人事のような顔をしている八幡」

「比企谷くんは周囲に他人しかいないもの、いつだってなんだって他人事よね」

「なんでちょっといい笑顔で言うんだよ。お前に言われたくねぇつの。お前だって周りみんな他人だろうが」

ニッコリ笑顔の雪ノ下に言い返すと、雪ノ下は髪を掻き上げ強気な表情になる。

「そうね。確かに周りには他人しか……」

「えー……」

がっかりした顔の由比ヶ浜がちょいちょいっと雪ノ下の背中を突つく。

「由比ヶ浜さん、背中を突つかないでくれるかしら」

「ん——……」

言われたところで由比ヶ浜はやめず、拗ねたように相変わらず突ついている。耐えかねたのか、雪ノ下は軽く咳払いをした。

「んんっ、……訂正するわ。なかには例外もいるけれど、大半は他人ね」

「ゆきのん！」

がばっと雪ノ下に飛びつく由比ヶ浜。

「暑苦しい……」

鬱陶しさ半分喜び半分くらいの複雑な声を漏らす雪ノ下をよそに、俺は材木座に別れの挨拶を告げた。

「材木座、そういうことだから今日は無理だ。また今度な」

材木座と別れて、再び俺たちは歩き出す。

が、足音が一つ遅れてついてくる。

「ふむ、奇遇だな。我も今日はたまたまちょうど何も予定がなくてな……」

「そうか。暇があるのはいいことだな。……っつーか、なんでお前ついてくんだよ」

牽制の意味も込めてそう言ったのだが、材木座はまるで聞く耳持たない。

「暇だなーあー暇だなー。暇があるゆえ寄り道なども良かろうなー。おっと、そういえば、八幡たちは、ど、どこまで行くのだ？」

「駅前」

「なんと！　……偶然だな。我も今日は駅のほうを通過してから帰るところだったのだ。これはもしや必然……そうか、それが世界の選択か……」

「っ…………」

小芝居がうざったかったので無視した。

材木座は考え込みつつ、ちらっちらっと俺のほうを見てくる。それに若干呆れながら由比ヶ浜が俺にこっそり耳打ちしてきた。

「ねぇヒッキー、あの中二さ」

「中二って……材木座のあだ名か？」

ひどくないですか？　が、由比ヶ浜は気にしたふうもなく、話を続ける。

「そうだけど？　ねぇ、あの中二、誘ってほしいんじゃないの？」

「いやそれはわかってるけど……」

俺が答えると雪ノ下が肩を竦めてため息を吐いた。

「わかっていてやっているのね……。はぁ……、由比ヶ浜さんさえよければ誘ってもいいんじゃないかしら？　ずっとついてこられるよりはいっそ諦めがつくわ」

「んー、どうするかなぁ」

「でも、誘うならちゃんと最後まで面倒見るのよ」

「お前は俺の母ちゃんか。――なぁ、由比ヶ浜、誘ってもいいか？」

俺が問うと、由比ヶ浜はしばし考える様子を見せた。

「んー、まぁ知らない仲じゃないし、ヒッキーの友達だし……いいよ」

「ありがとな、まぁ、友達じゃあねぇんだけど」

「と、友達じゃないんだ……」

驚きとも呆れともつかない微妙な表情の由比ヶ浜の声を背に、俺は材木座に話しかけた。

「材木座、お前も行くか？　由比ヶ浜の誕生日会」

「ふむぅ？　いやしかし我(われ)も追われる身、脳内締め切りが迫っていて修羅場なのだが……とはいえ、誘いを断るのは失礼に当たる。よかろう、同行しようではないか」

「くっそ……殴りてぇ……」

なぜそんなに偉そうなのかぜんぜんわからん。相変わらず発言だけは超一流だった。さすがの雪ノ下も瞳に軽く殺意を滾(たぎ)らせている。

「想像より遥かに鬱陶(うっとう)しいわね……」

「ま、まぁお祝いしてくれる人は多いほうが嬉(うれ)しいし」

「無理しなくていいぞ」

俺が言うと、由比ヶ浜は全力で誤魔化(ごまか)し笑いをする。

「あ、あはははは——、あ、さいちゃんだ」

「な、なに、戸塚(とつか)だと!?　お、おい由比ヶ浜。祝ってくれる人は多いほうが嬉しいよな!?　な!?」

「え？　そ、そうだけど……ってどこ行くの!?」

由比ヶ浜の疑問などほとんど聞こえず、俺は俺史に残るほどの速度でハヤテの如(ごと)く駆けだしていた。

「凄(すご)いスピードで走り去ったわね……」

「戸塚ぁ！　きょ、今日、由比ヶ浜の誕生日で、ちょ、ちょっとお祝いするんだけど、い、一緒にこ、こここ、来ないか!?」

俺の声が響く中、後方から材木座の喚く声が聞こえた気がした。

「あ。ああんれー？　我のときとぜんぜん反応ちがくなーい？　ねぇねぇちがくなーい？」

×　×　×

夕暮れの駅前は車や人が行き交い、喧噪に満ちている。その雑踏を俺たち五人は歩く。

「悪いな、戸塚。無理に誘っちゃったみたいで」

「ううん、そんなことないよ。ぼくも由比ヶ浜さんにプレゼント渡しに行こうと思ってたし。それに、八幡に呼んでもらえてすっごく嬉しい、よ？」

あまりの可愛さに全俺が泣いた。

「うっううう……俺も戸塚が来てくれて嬉し――はっ！　いかんいかん、戸塚はこんなにも可愛いが男だ。冷静になれ、惑わされるな比企谷八幡。落ち着いて、修行僧の気持ちになるんだ。誘惑に負けるんじゃない。すーはーすーはー……。ひたすら精神を落ち着けて……仏の道に女は不要、仏の道に女は不要……って戸塚、男だから意味ねぇじゃねぇか！　修行僧使えねぇ！」

「何を頭の悪いことをぶつぶつと言っているの……。カラオケ、着いたわよ」

雪ノ下の冷めきった声で現実に引き戻されたころには目的地に着いていた。

カラオケは高校生の遊びとしてメジャーなものの一つだ。そもそも学生と歌は切っても切れない縁がある。

例えば合唱コンクール。ていうか、なんでリア充は合唱コンクールの練習で喧嘩すんの？

「男子がちゃんと歌ってくれない！」っていって女子が一〇〇％泣く。で、クラス全員が追いかけるんだよな。わかりやすいテンプレ青春イベントだ。

でも、実際その裏では、

「ていうか、A子、なんで急に泣いてんの？　ウケる」

「いや、ウケるっていうかちょっとイラッと来たんだけどー」

「わっかる！　あの子仕切りたがりだからねー」

「……っていうかさ、戻ってくんの遅くない？　迎え、行く？」

「あー、あれじゃん？　みんなで行くってやつ？　やっば、うちら今超青春してなーい？」

みたいなやりとりがあるんだよな。いやー、ほんと青春を謳歌するとはよく言ったものですよね。素敵！

自動ドアが開き、店内に入るとざわついた空気が流れていた。

「あ、お兄ちゃん」

先に着いていたのだろう、ソファに座っていた小町が俺たちを発見して駆け寄ってくる。

「おお、小町。先に着いてたのか」

「やほー、小町ちゃん」

「どうもどうも、今日はお招きいただきましてありがとうございます」

「こっちこそ。来てくれてありがとね」

「いえいえ、結衣さんの誕生日って聞いたら来るしかないですもん」

お互い挨拶を交わしているうちに、由比ヶ浜が感嘆に満ちたため息を吐いた。

「はぁ……、小町ちゃん、いいなぁ……こういう妹いたら楽しいだろうなぁ……小町ちゃんあたしの妹にならないかなぁ…って、べ、別にぜ、全然そういうんじゃ」

「ば、バカ！　お、お前、な、何言ってんだよ!?　――小町は俺だけの妹だ。誰にもやらん」

絶対に、誰にもやらん。

由比ヶ浜が今度はさっきとは別種のため息を吐く。

「出た、シスコン……はぁ……」

「うちの兄がほんとすいません……」

「気にしないで、別に小町ちゃんのせいじゃないから……」

む、何か俺が悪いみたいな空気になっているぞ。この場はとりあえず離脱だ。

「それより受付ってまだだよな。ちょっと行ってくる」

俺が歩き出すと後ろのほうで何やら声が聞こえたが、ＢＧＭにまぎれてしまった。

「あ、あたしも行く！」

「ふむ、では我も行こう。なぜなら今の我には居場所がないからな！」

「……なんか、悲しい理由で二人っきりを邪魔されてる……」

×　×　×

よしよし。何か変なのが一緒にくっついていったけど、とりあえず結衣さんは頑張っているようで小町的に一安心。

お兄ちゃんたちが受付へ向かうと、雪乃(ゆきの)さんが話しかけてきました。

「小町さん、こないだは助かったわ。ありがとう」

「いえいえ。雪乃さんのお願いですから。いつも兄が迷惑をかけてるぶん、小町でよければいくらでもお手伝いしますよ」

やー、まぁお手伝いっていっても小町的には別のお手伝いなんですけどね、えへへ。

「なんの話、かな？」

戸塚(とつか)さん、相変わらず無駄に可愛(かわい)いなぁ……。興味津々(きょうみしんしん)な表情が、こう……あ、いけないいけない。

「いえ、こないだ兄と雪乃さんと三人で結衣さんのプレゼント買いに行ったんですよ」

「ああ、そうなんだ。楽しそうだね。ぼくもみんなでお出かけしたいなぁ……」

「そうですね！　……でも、兄は戸塚さんと二人で出かけるほうが嬉(うれ)しがりそうな気がします……ああっ！　お兄ちゃんが変な方向へ行きそうで心配っ！」

これがわりとマジで心配なことにお兄ちゃんが家で学校の話をすると大概が戸塚さんの話で、なんなら帯で「今日の戸塚」コーナーが作れてしまうレベルです。

「よくわからないけれど、あなたも大変ね。同情するわ……」

「かくなるうえは、雪乃さんと結衣さんにかかっているのです……」

超他人事テイストの雪乃さんですが小町的に期待してますよー？

「私と由比ヶ浜さん？　……何かしら、あまり体罰に自信はないのだけれど」

「ごめんなさい。暴力系はナシの方向で」

「そうね。精神的に追い詰めるほうが私は得意だし」

「そ、そんな素敵な笑顔で言われても小町困る……」

× × ×

受付で店員さんがレジを操作してくれていた。

「ご予約の由比ヶ浜様ですね。お部屋２０８号室になります。マイクとリモコン、お部屋にございますので。お時間近くなりましたらお電話でお知らせします」

「はーい、ありがとうございます」

伝票の入ったカゴを由比ヶ浜が受け取ったりしている間、材木座が俺に話しかけてくる。

「のう、八幡」

「あ？　なんだ？」

「さっきのは八幡の妹君であらせられるか？」

「そうだけど……」

なんか、嫌な予感がする……。

「……そうか。ときに兄上、妹君のお名前はなんと申されるのかな？　あと年齢と趣味を詳しく」

「お前には絶対教えない。あと次、俺のことを兄上と呼んだら殴るからな」

「ふむ。つれないな。兄者は」

「兄者もダメだ！」

×　×　×

ドリンクコーナーで飲み物を確保してからようやくカラオケルームに入り、俺たちはそれぞれグラスを持つ。

なかなか始められない俺たちを気遣ったのか、戸塚がグラスを高く掲げた。

「えっと……じゃ、じゃあ。由比ヶ浜さん。お誕生日、おめでとう」

それに合わせて皆が乾杯し、グラスを合わせる。

「おめでとう」

「おめでとうございますー！」

「ふむ、賀正」

「いや、めでてぇけど賀正に誕生日的な意味ねぇから……」

雪ノ下、小町、材木座と祝辞が続き、本日の主役、由比ヶ浜が手を挙げてそれに応えた。

「みんなありがとーっ！　じゃ、じゃあロウソク消すね。ふーっ！」

「「イエーッ！」」

由比ヶ浜がロウソクを吹き消すと再び乾杯。そしてなんとなく拍手。誕生日っぽい。

そして、しばし沈黙……。

「……」

「え!?　な、なにこの空気!?」

「なんだかお通夜ではしゃいじゃったーみたいな気まずさが……」

由比ヶ浜(ゆいがはま)が驚きつつ周囲を見渡し、小町(こまち)も不安そうな表情になる。

が、雪ノ下(ゆきのした)も俺も平然とこの沈黙に対応していた。

「いえ、あまりこういうのに慣れていなくて」

「誕生日会とか打ち上げとか何していいかわかんないから対応に困るんだよな」

「激しく同意。もっとも我(われ)は打ち上げになぞ、誘われないがな」

「俺も一回行ったきり声かけられなくなったな」

俺がなんの気なしにごく普通にそう言うと、なぜか材木座(ざいもくざ)が勝利を確信した高笑いを上げる。

「モハハハハハ！　甘い甘い！　一度呼ばれているだけ良いではないか！　その程度でぼっちアピールなど片腹痛いわ！」

「なんだと……!?　わかってないようだから教えてやるがアレだぞ、俺が呼ばれたのはクラス強制参加のノリだぞ。それに、二度と呼ばれないってのは致命的に何かやらかしたってことだぞ？　一度も行ってないお前は楽しくやれるかもしれない可能性がまだあるじゃねぇか。俺のほうが一歩リードしてる！」

「な、なにぃ!?　ぬぅ、さすがはプロのぼっち……」

「醜(みにく)い争いね……。私は毎回誘われるけれど一度たりとも行ったことがないわ。私の勝ち、ということでいいかしら？」

「くっ！　この負けず嫌いさんめっ！」

一体今の会話のどこに勝ち負けの基準があったのかわからないが、雪ノ下的に今のは勝ちだったらしい。

妙な雰囲気を察して戸塚が割って入ってきた。

「ま、まぁまぁせっかくのお誕生日会なんだしさ、楽しい話、しよ？　ね、由比ヶ浜さん？」

「え？　あー、あたしこれ結構楽しいよ？　今までお誕生日会とかってあんまりしてもらったことなかったから嬉しいな……」

実際、由比ヶ浜は嬉しいのだろう。じんわりと喜びが滲み出てくるような穏やかな微笑みを浮かべている。

「意外だな。お前は年がら年中、ジューシーポーリーイェイだと思ってたけど」

「なにその意味わかんない英語……ていうかそれ英語？」

「いや、英語か知らんけど……。三浦とかあの辺のとよろしく哀愁してたんじゃねぇの？」

俺が尋ねると、由比ヶ浜は少しだけ考える仕草を見せる。

「んー、そういう機会がないわけじゃないけど、あたし祝う側ばっかりっていうか裏方が多いっていうか、料理取り分けたりして気づいたら終わってるっていうか……」

「なるほどなー……あ、いや、なんかすまん」

結構悲しい話だった。思わず謝ると由比ヶ浜も気まずそうに視線を落とす。

「あ、うん。別に、気にしてない」

「……」

お互い黙り込むと小町が微苦笑交じりに口を開いた。

「……そしてまたお通夜みたいな空気に……。小町耐えられない！　結衣さん、とりあえず飲みましょう、コーラを！」

「あ、そ、そうだね！」

「イエー！」

小町と由比ヶ浜、二人だけ乾杯して明るい雰囲気を醸し出していた。

その中で俺は思わずため息を吐いてしまった。

「…………はぁー」

実際のところ、俺はこの手の集まりは得意ではない。

打ち上げとかクラス会に誘われないから慣れていないというのもあるが、単純に疑問を感じるのだ。

皆が一様に声を張り上げ、全力で盛り上がっている、という演出をしているように見えてしまう。きっと彼ら彼女らリア充たちは騒いでいないと不安で仕方がないんだろう。静かにしていると自分がつまらない人間だと悟られてしまいそうで。

だから、無理矢理に話しかけ、話題を広げ、大袈裟に盛り上がって見せる。自分をより大きく見せる行為はまるで威嚇だ。

「はぁ……」

「八幡？　どうしたの？　ため息なんて吐いて」

戸塚が俺の顔を覗きこむ。

「あ、ああ。いや、それでこの、なに誕生日会？　って結局何すればいいかわからなくてな」

「え、えっと……ご飯食べたり、乾杯したり、かくし芸？とか……あとは、ケーキ入刀？」

「結婚式かよ……」

「あはは、ほんとだね。でも、お祝いには違いないし。——じゃ、じゃあケーキ……切ろっか？」

「……俺と彩加の初めての共同作業だな」

思わず決め顔になってしまった。

「は、八幡……きゅ、急に名前呼ぶのは、ずるいよ……」

「ストップ、はーいストップ。あ・た・し・が、切るからっ！」

と、そこで由比ヶ浜が間に割り込んできた。おかげで俺も我を取り戻す。

「……っは！　っぶねー、ついうっかり戸塚のウエディングドレス姿が脳裏にちらついちまったぜ……。おかしいな、戸塚は男なのに」

「……いや、それほんとおかしいし、てか、キモいし」

ドン引きの由比ヶ浜に俺は軽く微笑みかける。

「だよな、おかしいよな。キモくはないけどな。戸塚は男だからタキシード姿のはずだもんな！」

「結婚することは決定事項なんだ!?」

と、その瞬間、壁をドンっと叩く荒々しい音が響いた。

「っと、びっくりしたー。ほれ、由比ヶ浜が大きい声出すからお隣さんがご立腹だぞ」

「あ、ごめん……おっかしーなー、防音なんだけどな……まぁ、いいや」

由比ヶ浜はぶつぶつ言いながらもキッチンから借りてきていた包丁に手を伸ばそうとした。

「じゃ、じゃあケーキ、切るから……ヒ、ヒッキーはお皿、押さえてて？　そ、その二人で、とか別に、深い意味ない、けど」

後半もごもごとしていて全然聞こえない。お前は美容室行ってどんな髪型にするか聞かれたときの俺か。はっきりしゃべれはっきり。

「いや、お前、今日誕生日なんだから楽にしてればいいんじゃねぇの。俺と戸塚で切るからいいよ」

「え、え。そ、それは、さいちゃんに悪いし……」

「俺には悪いと思わねぇのかよ……。じゃあ……小町」

「えー？　この流れで小町が切るのはちょっと、小町的にポイント低いっていうか。家で二人っきりのときならいいけど、テレテレ。あ、今の小町的にポイント高くて」

「……うぜぇ。じゃあ材木座」

と、俺が材木座に頼もうとしたときだ。

「……えー」

由比ヶ浜がすごく嫌そうな表情をした。

「いや、その反応はちょっと可哀想じゃ」

俺が同情のあまりやんわり抗議をしたとき、隣にいた材木座が胸を押さえて苦しみだした。

「……うぐっ!?　我の封印された扉が開くっ！　そう、あれは我がまだ尋常小学校へ軍事教練に通っていたときのことだ。巡り合わせの妙なのか、レーションの給仕を買って出たとき、一人のヴァルキリーが涙ながらに我のよそったカレーを拒絶して……」

「ほら見ろ、トラウマ刺激したせいでキャラがぶれ始めたじゃねぇか……」

「あ、べ、別に嫌ってわけじゃなくて、ちょおっとあれかなー、手洗ってきてほしいなーとか」

「へぼあっ!?」

由比ヶ浜が材木座に止めを刺していると、その様子を呆れた様子で見ていた雪ノ下が短いため息を吐いて包丁を手に取った。

「ふぅっ……、私が切るわ。切るのは得意だもの」

「ああ、お前切るの得意そうだよな。人の縁とか堪忍袋の緒とか」

「あなただって得意でしょう？　縁を切られたりするの」

「なんで俺のほうは受動態になってんだよ。っつーかあれだ、うちは仏教だからな。俗世との縁切って釈迦目指してんだよ。仏教的に見たら俺の位、超高い」

「また半端な仏教知識でものを言う……。仏教は本質的には縁を重要視する宗教じゃない。釈迦だって因縁という形で縁の存在を説いていて」

「……でたな、ユキペディアさん」

「何かしらその胡乱な呼び方は……。まぁ、いいわ。それより切り分けるからお皿を押さえてて」

「はいよ」

言われるがまま、俺は皿をそっと押さえる。

と、それを慌てた様子で由比ヶ浜が止めにかかった。

「ちょ、ちょっと待った！　やっぱここはあたしがやるから！　そ、そのヒッキーとゆきのんが、きょ、共同作業とか……」

後半ほとんど聞き取れなかった。お前はあれか、自転車乗ってたら警察官に止められて防犯登録確認されてるときの俺か。はっきりしゃべれはっきり。

とはいえ、雪ノ下には聞こえているのか、不思議そうな表情ながらも会話を続ける。

「？　そう？　じゃあお願いするわ」

「え、やった！　うんうん、やるやる！」

「じゃあ、由比ヶ浜さん、ちゃんとお皿押さえててちょうだい」

「あたしとゆきのんの共同作業なんだ!?　う、うう……複雑な気分」

×　×　×

すっと、雪ノ下がケーキに包丁を入れた。

「お前、よく綺麗に六等分できるな……」

「別に。大したことではないでしょう」

ぴったりきっかり同じ大きさに切り分けられたケーキを前に雪ノ下は平然としている。が、それを見ていた由比ヶ浜は軽い驚きを伴って問いかける。

「うわ、ほんとだ。ゆきのんってA型？」

「何を根拠にそんなことを……」

「や、だって几帳面だし」

「雪ノ下のは几帳面って言わない。これは潔癖性とか完璧主義者とかそういうのだろ」

「馬鹿馬鹿しい……血液型と性格になんの因果関係があるのかしら」

血液型占いがお気に召さない様子の雪ノ下があの独特の冷気を放つ。それを戸塚の温かな声が中和した。

「あ、でもぼくA型だよ。結構細かいところは気になっちゃうなぁ…」

「そうか。戸塚はいいお嫁さんになりそうだな」

「も、もうからかわないでよ、八幡……」

かあっと頬を赤らめる戸塚。と、その傍らにいた雪ノ下に冷たい視線を向けられた。

「どうでもいいけれど、私と随分と扱いが違うように思うのだけれど……」

なんだか寒暖の差が激しい。ここだけ砂漠気候ですか。

その空気を壊したのは、空気の壊し屋こと材木座さんである。

「ふむ、だがあながち間違いでもなかろう。ＡＢ型は裏表が激しいという俗説があるが、言い得て妙だな。かくいう我もふとした瞬間にもう一人の我が目覚めそうになる……。くっ！　こんなときにっ！　沈まれ我の右手！」

「お遊戯的なことなら外でやってもらえるかしら……。だいたい由比ヶ浜さんは何型なの？」

「あたし？　あたし、O型」

由比ヶ浜が答えると、何かを納得したように小町がぽんと手を打った。

「おーざっぱのOですね！」

「なんだそりゃ、じゃあA型はえーざっぱなのかよ」

「まずいわね……由比ヶ浜さんがO型だとすると血液型占いに信憑性が出てくるわ」

「え、ちょっ！　あたし、そんな大雑把なの!?」

「結衣さん、大丈夫ですよー。小町もO型ですから」

「何をもってして大丈夫って言ってんだ、お前……」

「え？　……もしものとき輸血できる、とか？」

大雑把の波状攻撃に雪ノ下が戦慄の表情を浮かべる。

「適当だわ……。ますます信憑性が高くなってきた……」

「そういう雪乃さんは何型なんですかー？　やっぱりA型？」

小町に問われて雪ノ下はあっさりと答える。

「B型よ」

「あ。俺、今日から血液型占い信じることにしたわ」

「何か含みのある言い方ね……」

「やー、だってお前、超マイペースっていうかわがままっていうか傍若無人じゃん。納得しちゃったっつーの」

「その論法でいくならあなたもB型ね」

「兄はA型ですよ？」

小町が言った瞬間、空気が凍った。

「は？」

「ええっ!?」

「おい、その驚き方には悪意を感じるぞ」

「ぷひゅるー！　は、八幡がえ、え、えーがたーっ！　ないない、ないでおじゃる！　こーんな適当で時間にルーズで協調性ゼロのぼっちがA型！　どう見ても農耕民族の素質ゼロです本当にありがとうございました」

「くっそ……殴りてぇ……」

今にも材木座の顎を捉えそうな右手を抑え込んでいると、やや狼狽した様子の戸塚が口を開く。

「ご、ごめん。八幡……ぼくもちょっと意外だった、かな……」

「と、戸塚……」

思わず半泣きになってしまった。

「あ、で、でも、大変なことになったらぼくの血をあげるから！」

「と、戸塚〜」

思わず歓喜の声を上げてしまった。

すると、喜んだのは俺だけでなく、雪ノ下もささやかな喜びを湛えた微笑みを浮かべる。

「良かった。比企谷くんのおかげで血液型占いのすべてを否定できたわね」

「だから、そのちょっといい笑顔でそういうこと言うのやめろ。傷ついちゃうだろうが！」

「あ、ごめんなさい。……もしかしたら、複雑な家庭環境があって血液型を偽っている可能性もあるものね。浅慮だったかもしれない。謝るわ」

やたらと好戦的に謝ってくる雪ノ下。

「実の妹がいる前でそういうこと言うんじゃねぇよ。実妹じゃないってわかったらどうなるかわからねぇだろうが、俺が」

実妹だからセーブかけてるけど、違ったら俺は愛情注ぎまくるぞマジで。その想いが通じてしまったのか、由比ヶ浜が焦った様子で騒ぐ。

「それもうシスコンっていうかただの変態だよ！」

「まぁ小町的にはそれはそれでアリなんですけどね。あ、今の小町的にポイント高いかも？」

「社会的にポイント低いよ！　この子もちょっと変だ！　やっぱり兄妹だ！」

「やー、小町と兄は血液型違いますけど性格はわりと近いですから。やっぱ育ってきた環境なんじゃないですかね」

「そうそうセロリが好きだったり多くを求めたりなっちゃうよな」

あと、夏がダメだったり妥協してみたりするよね。

「どう育ったらこうなるのかしら……一度ご両親に会ってみたいわね……」

「ぜひぜひ！　雪乃さん紹介したらうちの両親、感動で泣いちゃいますよ～」

やたら上機嫌で小町が言うが、雪ノ下ははてなと首を傾げる。

「？　なぜかしら？」

「え、なぜってそれはお兄ちゃんの……」

「比企谷くんの？」

「……んー、なんでもないです。……おっかしいなー、フラグ立ってないのかー」

小町が小声で何か言ったがそれにかぶさるようにして由比ヶ浜が咳払いした。

「んんっ、あ、あたしもちょっと会ってみたいなー。な、なんて」

その瞬間、きらーんと小町の目が輝いた。

「結衣さん、ぜひぜひうちに遊びに来てくださいよ。既成事実既成事実♪」

「う、うん！」

小町と由比ヶ浜、仲良いなぁ。でも、大事なことを忘れている。

「やめとけって、うち猫いるし。お前、猫苦手じゃん」

「し、しまったー！　そ、そーだったー！」

大袈裟にへこむ由比ヶ浜とは対照的に戸塚が猫というワードに反応する。

「あ、八幡の家の猫、可愛いよねっ！」

「そうかー？　ふてぶてしいし、名前呼んだらしっぽで床ダンって叩くし、夜中ぴちゃぴちゃ水飲んでる姿マジで妖怪っぽいぞ。あと帰ってきたら足の臭いくんかくんかすーはーすーはーするし」

いや実際、猫って奴は懐いてない人間に対してはそんな態度をとるのだ。まぁ、そういう部分も可愛いっちゃ可愛いんだけどよ。

戸塚は猫派の人間らしく、俺が述べた猫のダメな箇所に不満げな様子だ。

「えー？　可愛いよー。うん。また、触りたいな……家、行っても、いい？」

「お、おう……そ、そのうち両親がいないときな」

「ぬ、なぜそこに限定したのだ」

材木座、そんなの説明するまでもないだろ。

俺が戸塚の可愛さにきゅんきゅんしていると、視界の端っこで雪ノ下がもじもじしているのが見えた。

「ひ、比企谷くん。……そ、その、わ、私も」

「え?」

よく聞き取れず問い返すが、雪ノ下はその問いかけを振り払う。

「な、なんでもないわ。それより、ケーキ、切り分けたのだから食べましょう」

「あ。そーだな。小町、フォーク取ってけれ」

「はーい」

俺が小町からフォークを受け取っているとき、ぽそっと小さな呟きが聞こえた気がした。

「……はあ、……猫」

× × ×

由比ヶ浜がケーキを口に運ぶと、数秒してから感嘆のため息を吐いた。

「んん～、ゆきのんの手作りケーキ、おいっしー!」

「そう、喜んでもらえて良かったわ」

「ほんとおいしいです！　雪乃さん、結婚しても余裕ですね！　ね、お兄ちゃ」

そのとき、隣の部屋から大音量が轟いた。

「ひゃ！」

「またか……、お隣さん、ちょっと騒がしいな」

俺はややうんざりした気持ちで壁をちろっと見るが、戸塚は苦笑して肩を竦めた。

「そうだね。でも、カラオケってどうしてもうるさくなるものだし……。あ、これって桃が入ってるの？」

「ええ。いいのが出回り始めたから」

実際、雪ノ下の作ってきたケーキは新鮮な桃がふんだんに使われた上品な味わいのものだった。そのおいしいケーキに舌鼓を打っていると、材木座がおもむろに語りだす。

「八幡、桃はな古代中国では不老長寿の秘薬として重宝されていたのだ。じつにめでたい食べ物なのだぞ？」

「へぇ、その雑学は凄いがなんで俺だけに向かって話すんだよ。いや気持ちは凄いわかるんだけどな」

「それにしても、雪乃さんって料理上手なんですねぇ」

小町が感心した様子で言うが、雪ノ下は得意ぶるでも謙遜するでもなく平然とした様子だ。

「それほどでもないわ。小町さんだって家では料理しているのでしょう？」

「はいー、うちは両親共働きですから小町が作ってますね。あ、でも昔は兄が作ってたんですよ」

すると、由比ヶ浜ががたっと立ち上がり大袈裟に驚く。

「ええー!?　ヒッキーがぁ!?」

「ああ、小町が高学年になるまでは刃物とか火とか危なかったからな。おかげで小学六年生レベルでは全国有数の料理の腕前を誇るぞ」

「なに、その微妙な自慢は……」

雪ノ下が反応に困った様子で言う。微妙じゃない、れっきとした自慢だ。

「というか、俺は小学六年生レベルでなら家事全般だいたいできる。いつでも専業主夫として嫁ぐ覚悟はできているんだ！　絶対働かない！　働いたら負けだ！」

俺が声高に宣言すると、雪ノ下は頭痛でもするのかそっとこめかみのあたりを押さえる。

「また目を腐らせながらそんなことを……」

「そか、ヒッキーも料理できるんだ。あたしもできるようにならないとなぁ……、クッキー、ちゃんと渡せてないし……」

「あ、料理で思い出したわ」

雪ノ下が鞄をがさごそやると何か取り出し、由比ヶ浜に渡した。

「はい、由比ヶ浜さん」

「え、な、なにかな」

「誕生日プレゼントよ。あなたの趣味に合うかはわからないのだけれど……」

「ああ、あのお前が普段絶対読まないようなよくわからん頭の悪そうな雑誌いくつも読んで探してたやつか」

俺が言うと、ちろっと雪ノ下に睨まれる。怖い。

「余計なことは言わなくていいわ」

「ゆきのん……あたしのために……。ありがと。開けていい？」

「え、ええ。……どうぞご勝手に」

少し照れたような雪ノ下に一際明るい笑顔を見せて、由比ヶ浜がラッピングを解く。

「エプロン……。あ、あの、ありがと！　大事にするね！」

本当に嬉しそうな表情を見て、雪ノ下はどこかほっとしたような顔をする。

「私としては大事に飾られるよりは使ってもらったほうが嬉しいのだけれど」

「うんっ！　大事に使う！」

「じゃあ、ぼくも」

二人のやりとりを見て戸塚も鞄を探った。

「はい。由比ヶ浜さん、いつも髪纏めてるでしょ？　だから、髪留め」

「さいちゃん、ありがとー！　ていうか、これ本当に可愛くて、あたしより女の子趣味だ……」

「では、小町はこちらを」

小町もきちんと用意していたようで、鞄から丁寧なラッピングが施されたプレゼントを取り出した。

「はい、写真立てですよ」

「小町ちゃんもありがとね！」

「本当は写真も中に入れて渡したかったんですけど、うちにある写真は全部目が腐ったやつしかなくて……写真には写らない美しさなのかも？」

「あー、やっぱ写真でも目が腐ってるんだ……って別に写真は欲しくないよ！」

言いつつも由比ヶ浜はやはり嬉しそうだった。

そうした一連の流れを黙って見ていた材木座が急に頭をがりがりと掻きだした。

「ふぅむ。いかんいかん。我としたことが急だったゆえ、準備ができておらなんだ」

まぁ、いきなりだったしな。むしろ用意してたら怖いわ。それは由比ヶ浜も同様に思うことなのか、軽く笑って温かみのある言葉を投げかける。

「全然気にしないでいいよー？」

「そこでだ！　我の書き下ろし生原稿にサインをつけて」

「全然気にしなくていいよ……」

さっきとほとんど同じ言葉なのにそこには絶対零度の冷たさがあった。

「デュフ、なんという拒絶コポォ。かくなるうえは、『我の選んだアニソン一〇〇曲CD-R』を差し上げよう」

それを聞いた瞬間、思わず、材木座の肩をがしっと摑んで止めていた。

「やめとけ材木座。それだけはやめておけ」

「ぬ、な、なぜだ。そんな泣きそうな表情をして止めるなど貴様らしくもない」

わけがわからない、という表情で材木座が俺を振り返る。

「仕方ない、話してやるか……。これは俺の友達の友達の話なんだが……」

「な、なんか聞いたことある展開だなぁ……」

由比ヶ浜が困惑した様子だったが、俺は語り始める。

「中学時代、そいつには好きな子がいた。吹奏楽部に所属して音楽好きな可愛い子だった。その子の誕生日、そいつは勇気を振り絞ってプレゼントを渡す。音楽が大好きなその子のために、寝ないで編集したおすすめアニソン集だ。曲のセレクトには細心の注意を払った。あまりオタクっぽくなく、かつ直接的なラブソングは外すという配慮までした」

「ふむ、見上げた心意気だな」

「オチが見えているのだけれど……」

材木座と雪ノ下が何か言っているが、ここからが核心部分だ。

「ちゃんと受け取ってもらえて、そいつは涙が出るほど嬉しかったそうだ。だが、悲劇は翌日に起こった。給食の時間、全校放送のスピーカーから流れてきたのは放送委員の小粋な曲紹介『えー次の曲は二年C組オタガヤ八幡君のぉー、ぷっくすくす、リクエストでぇー、山下さんへのラブソングでーす！』」

「もういい！　もうやめろはちまーん！」

「くっ！」

がしっと材木座が俺を抱き留める。俺は材木座の胸の中で涙を滲ませた。その光景を直視するのを避けるように由比ヶ浜は視線を逸らした。

「やっぱりヒッキーの話なんだ……」

「ちょばか！　全然俺の話じゃねぇよ！　オタガヤくんの話だよ！」

由比ヶ浜にそう反論したものの、誰一人信じず、雪ノ下に至っては同情を飛び越えて恐怖に近い表情だ。

「比企谷くんを見くびっていたわ……想像よりもっと痛々しいなんて……」

「オタガヤの名は兄の卒業後も語り継がれ、小町は他人のふりをするのが大変でした……」

「八幡は、伝説なんだね……」

俺の静かな嗚咽に混じるみんなのちょっと優しげな声が余計に痛々しかった。

× × ×

「いやー、みんなほんとありがとー！　今までで一番嬉しい誕生日かもしんない」

由比ヶ浜がプレゼントの山を見ながら言うと、雪ノ下が肩を竦める。

「大袈裟ね」

「そんなことないよ！　本当に嬉しいもん。今までパパとママに誕生日してもらえるのも嬉しかったんだけどさ……。やっぱり、今年は特別。……ゆきのん、ありがとね」

「……べ、別に当たり前のことをしただけよ」

そっぽを向く雪ノ下に由比ヶ浜は相変わらずにっこりとした笑顔を向けている。確かに、いい誕生日なのかもしれない。

「でもあれだな、由比ヶ浜の家は仲良いよな。去年の俺の誕生日とか現金一万円渡されて終わりだぞ。しかもケーキ代込みだからな」

「ふむ、我もだいたい同じだ。現金の他はケンタ買ってくるくらいだな」

「え……そ、そうなの？　ぼくの家はケーキ用意されてるし、翌朝枕元にプレゼント置いてあるけど……」

「なんか別の行事混ざってねぇかそれ」

だが、戸塚のためであれば最高の誕生日を用意したいという気持ちはよくわかる。お義父さんお義母さんグッジョブです。

それに引き替え我が家は……と思っていたら小町が何か言い出しやがった。

「というか、お兄ちゃんがそういう扱いされてるだけだよ？　小町のときは一緒にプレゼント買いに行って、外食行くし、帰りにケーキ買うし」

「比企谷くんが愛されていないだけなんじゃないかしら……」

「なっ！　馬鹿言うな！　すげぇ愛されてるよ！　じゃないと、今後二〇年は親に養ってもらうつもりなんだから困っちゃうだろうが！」

「こんな息子やだなぁ……」

由比ヶ浜が本当に嫌そうに言う。ちょっと傷ついた。そこをフォローするように小町が苦笑を浮かべる。

「まぁうちの両親も大概適当ですから……」

「うちの親の適当さときたら俺が軽く引くレベルだからな」

「それは相当ね……」

雪ノ下が結構本気で引いているが、こんなものではない。

「なんせ、俺が八月八日生まれだから八幡ってつけたくらいだ」

「ほんとに適当だ！」

だよな。俺もそう思う。が、雪ノ下的にはそうでもないらしい。

「けれど、名前の付け方なんてそういうものではないの？　私だって似たようなものよ。生まれたときに雪が降っていたからってだけだもの」

ありゃ、同じような奴、いるもんだなぁ。とは思ったが雪乃という名前は雪ノ下にはよく似合っているように感じたので黙っていた。すると、そう感じたのは小町も同様だったらしい。

「でも、雪乃って綺麗な名前ですよ？」

「ありがとう。私も嫌いなわけではないの。むしろ気に入っているわ。小町という名前もあなたにとてもよく似合っていて素敵だと思う」

「ゆ、雪乃さん……」

「おい、雪ノ下やめろ、人の妹誘惑するな。マリアさまが見てるぞ」

そこだけバックに白百合とか咲いてそうな雰囲気だ。その雰囲気を壊すのはもちろん我らが材木座さんである。

「ごふぅ。皆、親が名前を決めるのだな」

「なに、お前は違ったの？」

俺が聞くと材木座は俄然前のめりになった。

「我は遥か過去より引き継いだ名前ゆえな。あえて名付け親をあげるとすれば、そうさな、運命、といったところか……」

「へー」

超どうでもいい。

「うむ。ちなみに、運命と書いてルビはじいちゃんと読む」

「最初からじいちゃんでいいだろ……」

死ぬほどどうでもいいと思っていたら、戸塚からどうでもよくない情報が入ってきた。いわゆる一つのトップシークレットである。

「あはは、じゃあぼくが一番普通かもね。彩りを加えた人生になりますようにってだけだから」

「名は体を表わすってやつだな。戸塚は俺の高校生活に彩りを加えてくれているもんな」

「もー、からかうの禁止！　怒るよ？」

怒られたいなぁ……。俺が決め顔から一転至福の微笑みを浮かべていると、何か思いついたように戸塚が由比ヶ浜に話しかける。

「あ、ねえねえ由比ヶ浜さんはなんで結衣って名前なの？」

「へ？　あたし？　……うーん、聞いたことなかったなぁ……」

「せっかくの誕生日なのだし、帰ったら聞いてみたらいいんじゃない？　あなた、ご両親にとても愛されていそうだからきっと素敵な話が聞けると思うわ。良かったらそのうち私にも聞かせてね」

「ゆきのん……」

「おーい、雪ノ下。今度はお釈迦様も見てるぞー」

今度はなんか曼荼羅みたいなのが後ろに見えたぞ。あんまりロマンチックじゃねぇなそれ。

「てか、ヒッキーもゆきのんもさいちゃんも中二もちゃんと名前の意味があるんだね……あ」

「どした？」

俺が尋ねると由比ヶ浜は少しだけ落ち込んだような顔をする。

「う、うん……今気づいたんだけど、あ、あたしだけあだ名がないなーとか」

「いや、そのあだ名、お前が勝手につけてるだけだからな？　俺は全然嬉しくないあだ名なんだけど」

「私も最初拒否したのだけれど結局直らなかったからもう諦めたわ……」

「うむ。我も中二呼ばわりはちょびっと傷ついたな……」

否定に次ぐ否定に次ぐ否定。だが由比ヶ浜は納得いかない様子だ。

「えー？　なんで？　いいあだ名だと思ったのに……」

「あ、ぼ、ぼくは気にしてないよ？　それに、ヒッキーってあだ名も可愛くていいと思うけどなぁ」

「でしょでしょ？」

戸塚のフォローで由比ヶ浜の機嫌がよくなった。

「まぁ、歴代のあだ名に比べたら確かにマシな部類ではあるんだけどよ……」

「歴代、ということは今までにもあだ名はつけられていたのね」

雪ノ下に聞かれて俺は答える。

「ああ。『クラスメイトにつけられて嫌だったあだ名ベスト3のコーナー……』」

「なんか鬱っぽいコーナーがいきなり始まった……」

由比ヶ浜は軽い戸惑いを見せるが、小町がノリノリで入ってくる。

「アシスタントの小町です。では第三位の発表です！」

小町のアナウンスに乗っかり俺は順位の発表をする。

「第三位」

「デデンッ！」

材木座のドラムロール的効果音のあと、俺は一瞬のためを作った。

「……『一年の比企谷さんのお兄さん』」

その瞬間、雪ノ下が少し悲しげな顔をする。

「クラスメイトにそう呼ばれるって相当なものね……あなたの存在全否定じゃない……」

「兄は悪くないんです！　小町がちょっと目立ってしまったがための悲劇なんです！」

俺は涙を堪えて続きを発表する。

「第二位」

「デデンッ！」

材木座のドラムロール的効果音が響いた後、場が静かになった。

「『そこの』」

「ふむ、これは我にも覚えがあるな。それとかあれとかとにかく指示語を使いたがる。まぁ我ほど偉大な名前ともなると直接的に口にするのは恐れ多いから仕方がないがな！」

いつの間にか材木座が解説に入っていた。もちろん、実況は引き続き小町である。

「さて、衝撃の第一位の発表です！」

「だ、第一位……」

俺の順位発表の後、材木座のドラムロール。

「デデンッ！」

「ごくっ……」

誰もが固唾を飲んで俺の言葉の続きを待った。

「い、言いたくねぇ……」

これはもうほんとに言いたくない。思わず涙目になった。すると、戸塚が優しく俺の背中をさすってくれる。

「そんなにひどいんだ……。は、八幡、無理しなくて、いいよ？」

「ありがとう、戸塚……」

むせび泣きそうになっていたところを由比ヶ浜が容赦ない一言を投げかける。

「自分でトラウマ掘り返すなら最初からやらなきゃいいのに……」

「つるせ！　お前があだ名に変な憧れを抱いてるからその幻想をぶち壊してやろうと思ったんだよ！」

「比企谷くんが特殊なだけだと思うけれどね……」

雪ノ下はそう言うがこういうのみんな結構あると思うぞ。ほんとあだ名なんてろくなもんじゃねぇ。そんな俺の気持ちを知ってか知らずか小町が提案を始める。

「あ、ではこうしましょう。みんなで結衣さんに素敵なあだ名をつけてあげるということで」

「小町ちゃんいい子だ！　よし、じゃあ今日から小町ちゃんはマッチね」

「うわぁ、結衣さんセンスなーい！」

「え、嘘……自信あったのに」

うっすら衝撃を受ける由比ヶ浜をよそに戸塚は真剣に考え始める。

「うーん、あだ名かぁ……ゆいっち、とか？」

「ゆいっちの『っち』はビッチの『ッチ』か？　センスあるな戸塚。なら、いっそのことビッチでいいんじゃないの」

「だからビッチ言うなし！　却下！」

「うーん、ここでゆいお姉ちゃんとか言うと小町的にポイント高いのかなぁ？」

「そこ！　計算禁止！　恥ずかしいから却下！」

「モハン……。『千葉の黒き白虎』」

「いや、あだ名と二つ名はちげぇから……っつーか、黒いのか白いのかはっきりしろよ」

「言うまでもなく、却下！」

戸塚、というか俺に続き、小町、材木座と連続して却下されてしまう。そして、満を持して雪ノ下さんのご登場である。

「では……、ゆいのん、というのは？」

「えー？　なんか語呂悪いし…」

速攻で否定され、雪ノ下がぴくっと眉根を動かした。

「あなた、自分のセンスを棚に上げておいてよく言うわね……。そこまで言うならもう自分で決めたらいいじゃない」

言われて、由比ヶ浜はしばし考える。

「自分であだ名考えるって痛いなー……」

「気づいてないかもしんないけど、お前結構充分痛いぞ……」

「るっさい！　ていうか、あたし全然痛くないし、すっごい普通だし」

そう言うと雪ノ下がこくこくと頷いた。

「そうね、とても普通だわ。凡庸ね」

「なんかちょっと傷つく言い方された!?」

「珍しく雪ノ下が褒めてるな」

「あれってゆきのん的には褒め言葉なの!?」

「屑とかゴミとか言われないのはかなり褒められてるだろ、雪ノ下的に。いいからあだ名考えてみろって」

「うーん、急に言われてもなあ……あ」

閃いた様子の由比ヶ浜に戸塚が期待の眼差しを向ける。

「思いついた?」

「うん。……由比ヶ浜結衣だから……ゆ、ゆいゆい、とか」

「ぶっ！」

思わず吹き出してしまった。おい、マジかよ。壮絶恥ずかしいぞそれ。

「ちょ、ちょっと！　なんで笑うのよ！」

食ってかかる由比ヶ浜だが、それを雪ノ下が心配そうに見つめている。

「自分でそんな恥ずかしいあだ名つけるなんて、自虐癖でもあるの？　何か悩んでいるなら相談にくらい乗るけれど……」

「真剣な顔で心配されてる!?」

一方で戸塚と小町的にはアリだったらしい。

「ぼくはいいと思うけどなぁ、可愛くない？」

「そうですねー。結衣さんっぽいです」

言われて、由比ヶ浜は自信を取り戻した。

「だ、だよね！　あたし全然痛くないよね！」

「あー、自分で言い出すのはどうかと思いますけどー」

「曖昧な笑顔で視線を逸らされた！」

ぬがーっと頭を抱える由比ヶ浜だがここで思わぬ援軍が入る。

「ふむ、しかし言っているうちに慣れ親しむことはあろう。我も最初に剣豪将軍の名を襲名したときは違和感があったが、三日もするとそうであったに違いないという確信が生まれたものだ」

「中二、いいこと言うじゃん！　でも、一緒にしないでよね！」

「ふひｗ」

助け船だったはずの材木座を沈め、由比ヶ浜が雪ノ下に向き直る。

「というわけで、ゆきのん、試しに呼んでみて？」

「絶対に嫌」

「うわー。雪乃さん即答だぁ……」

小町が引くほどの素早さで雪ノ下に拒絶されると、由比ヶ浜は無念そうに俺のほうへと身体を向けた。

「ぬぬぬぅっ。じゃ、じゃあ、ヒッキー……た、試しに呼んでみてよ…」

「は、はぁ？　そんなファンシーでメルヘンなあだ名呼びたくねぇよ……」

というか、単純に恥ずかしすぎる。俺が渋っていると由比ヶ浜は一瞬だけ俺と視線を合わせてすぐに逸らした。

「……じゃ、じゃあ、ゆい。でも、いい」

あだ名が恥ずかしいのは由比ヶ浜も同じなのか、指先はスカートの裾をきゅっと握りしめ、ほんのりと赤くなった顔を逸らしていた。

「ほむぅ、あだ名の定義が崩壊しているようだが」

「中二さん、今いいとこだからちょっと黙っててください」

「は、はいぃ！」

そして、わずかな間、静かな空間、静謐なる沈黙。

「ね、ヒッキー……」

潤んだ瞳がゆっくりと上げられ、真摯な眼差しが俺に向けられる。

「ゆ……ゆ………あー、あだ名ならあれだ、ダメなとこ抜いてガハマさん、とかいいんじゃねぇの」

「意地でも結衣って言わないつもりだっ!?」

「お兄ちゃんヘタレだなぁ……」

驚愕（きょうがく）する由比ヶ浜のあと、小町が小馬鹿にするように呟（つぶや）いた。いや、だって恥ずかしいでしょ……。

ともあれあだ名が決まらず、雪ノ下部長が総括をした。

「とりあえず……由比ヶ浜さんのことは名前で呼ぶってことでいいのかしら？」

「もう、それでいい……」

×　　×　　×

戸塚（とつか）が両手で飲み物を抱（かか）え、ストローで吸う音がした。

「あ、飲み物なくなっちゃった」

「ん、ああ、じゃあ取ってくるか」

俺は戸塚のグラスをそっと受け取り、ついでに自分のグラスも持って立ち上がる。俺の意図を察して戸塚はにこっと笑うとオーダーを告げてくれた。

「ありがと。じゃあ、ぼくコーヒー」

「了解。他、誰かいるか？」

俺が見渡して聞いてみると雪ノ下がすっとカップを上げた。

「比企谷（ひきがや）くん、紅茶を」

「はいよ」

「じゃあ、小町コーラ」

「おう。ガハマさんは？」

続いてガハマさんに聞いてみるが、ガハマさんは明後日の方向を向いたまま、答えようとしない。

「……つーん」

「ガハマさん？」

「うぐっ！　…ふんっ！」

改めて聞くもガハマさんは一瞬、怒りの表情を俺に向けてまたすぐそっぽを向いてしまう、俺はちょっと困って頭を掻いた。仕方ない、あの呼び方をするしかないか。

「あー……、何か飲むか？　ゆいゆい」

「あ、ごめん、やっぱそのあだ名なしで……」

するとゆいゆいは両手を合わせた。

「遠慮すんなよ、何飲む、ゆいゆい」

「やめてってば！　あたしも小町ちゃんとおんなじでいい！」

「あいよ、コーラでいいんだよな、結衣」

「しつこいっ！　……へ？」

呆けた表情でぱちぱちと目を瞬かせる由比ヶ浜。まぁ、その、なに。今のは言い間違いってことで。

あとは材木座か。

「材木座、お前何飲む？　カレー？」

「我をデブキャラ扱いしたいのか、お主は……。我は超神水でいい」

「サイダーな。わかった」

「今ので通じたんだ……、お兄ちゃんと中二さん仲良いなぁ……」

　全員分のオーダーを聞いて、俺は扉を開いて部屋を出た。

×　×　×

「えーっと、コーヒーに紅茶、コーラっと……あと、カレーだったたっけ？」

　俺がドリンクバーでひとつひとつ用意していると、大音量で音楽と歌声が聞こえてきた。どうやら俺たちの隣の部屋かららしい。

「おお、隣盛り上がってんな。まぁあんまり騒がれて壁叩かれたりすんのは困るんだけど……ちょっと注意しておいたほうがいいかもな……」

　俺はこのときほど、自分の軽率な行動を悔やんだことはない。あの恐ろしい光景を見なければ、きっと今日は幸せな気分で帰ることができたのだ。それがあんな悲劇を目の当たりにするなんて……。

　隣の部屋の前まで行ってから軽くノックをする。が、そのノックの音は音楽にまぎれてしまっているらしい。

「んー？　聞こえてないのか？　まぁ、ちょっと覗いてみるか」

　慎重にドアノブを回すと、俺は僅かな隙間から覗き込む。

「あー、あれって、平塚、先生、か？　うん、ひとりぼっちだし、平塚先生で間違いなさそうだな」

平塚先生はだいたいいつもひとりぼっちなので、あれは間違いなく平塚先生だろう。

先生はマイクを握りながらも、脱力した様子でぼーっと画面を眺めていた。

「ふっ……ラブソングなんて詐欺で欺瞞で嘘ばかりだ……。歌う気にならないなぁ……。そのうえ隣は結婚だのなんだの楽しそうに騒いでるし……。リア充、爆発しろ……」

その声が届いてきたとき、俺は慌ててドアを閉じた。だが、漏れ出る嗚咽の声までは封じることができなかった。

「ふっぐっ、ぐすっ……ひ、平塚先生……。誰かもうほんと貰ってやってくれよぉ……。っとお、やべ、こっちにくる」

ドア越しに平塚先生が動いた気配を察して俺は急いでドアから離れると、何食わぬ顔でドリンクコーナーへと走った。

そこへ疲れた表情の平塚先生が歩いてくる。

「はぁ、喉渇いた……。おや？　比企谷。君がこんなところにいるとは驚きだな」

「お、お疲れ様です。せ、先生こそなんでここに……」

俺が尋ねると平塚先生は一瞬狼狽したが、すぐにいつもの調子を取り戻す。

「私か。私は……、ま、まぁそのストレス発散だ。君は……ああ、そうか。由比ヶ浜の誕生日会か。楽しんでいるかね？」

「まぁ、そうっすね」

答えると、平塚先生が不意に穏やかな笑みを覗かせる。

「……そうか。ああ、失礼、一服させてもらうぞ」

一言断ってから胸ポケットから煙草を取り出すと、咥えて火をつける。吐き出した煙が宙を彷徨った。

「──君もここ最近で少し変わったのかな。以前の君なら誕生日会になど来なかっただろう。どういった経緯であれ、成長の兆しが見えるのは教師として喜ばしいことだ」

「先生……」

「まぁ、そうはいっても、比企谷、君のことだ。どうせこの日常に欺瞞を感じ、偽物のように思っているのだろう。今はそれでもいい。君のその疑り深さはちゃんと考え続けている証拠だ。そういう部分は好ましいよ。すぐでなくていい。いつか、君なりの答えが出るといいな」

この人はちゃんと見てくれているのだ。今の俺を否定するでなく、肯定するでなく、見届けてくれようとしている。そう思うと俺は少しだけ心が温まるのを感じた。

「……先生。せっかくだし、顔、出していきませんか？」

「ん？　誘いは嬉しいが……さっき、由比ヶ浜にはパーティーと言ってしまったしな…万が一にも婚活パーティーを追い出されたなんてばれたら……いや、遠慮しておこう。水入らずを邪魔しても悪いしな」

「邪魔なんてことないっすよ。年代違い過ぎて全然知らない歌、歌われても手拍子くらいはしますよ！」

気を遣ったのに、なぜか平塚先生はゆっくりと拳を握りしめる。

「比企谷、歯を食いしばれ。──衝撃の、ファースト・ブリットォォ！」

「それにしても、ここにもドリンクバーがあるのね。てっきりファミレスだけだと思っていたわ」

×　×　×

「やー、だいたいのカラオケにはドリンクバー的なのあると思うけど」

雪ノ下と由比ヶ浜の声。そこへ小町の声が追っかけてくる。

「でも、そういえばなんでカラオケにしたんですか？　ドリンク飲み放題ならそれこそファミレスでも……」

「個室だから、じゃないかな?」

「なるほどー。でも、せっかくだからちょっと歌いたいですね」

戸塚の答えを受けた小町の声には誘うような色がある。

それを感じ取ったのか由比ヶ浜が乗っかった。

「だよね！　やー、今日は歌わない雰囲気っぽかったから思わず空気読んじゃったよー」

「由比ヶ浜さんは相変わらず疲れそうな生き方してるわね……。遠慮なんかしなくてもいいのに。それに、今日はあなたの誕生日じゃない。少しくらいのわがままは聞くわよ」

「ゆきのん……。あ、じゃ、じゃあさ」

そんな会話がドア越しに聞こえる。俺はトントンっとドアを軽く叩いた。

「おーい、開けてけれー」

「お兄ちゃん、戻ってきた」

「八幡、今、開けるね」

とてとてと戸塚が歩み寄り、ドアを開けてくれる。

「サンキュ、戸塚」

「は、八幡？　どうしたの？　何か悲しいことでもあった？」

俺の声が若干悲しみに彩られていたせいだろうか、戸塚が心配そうに俺の顔を見上げる。

「いや、なんでもない。何もなかった。悲しいことは何もなかったんだ……」

そう、何もなかった。悲しい独身の女性教師なんていなかったんだ……。その記憶は殴られて消えた。そうじゃないとちょっと悲しい。

俺がグラスの載ったトレイを置くと、材木座が大層ご立腹の様子だった。

「八幡！　遅かったではないか！　我をひとりにするなよ！　思わず携帯でゲームしてしまったではないか！」

「うるせっ。こういう場ではぼっちは誰よりも働くことで憐みの視線から解放されるんだよ」

「うわー、嫌なスキルアップだなー」

小町に妙なところで感心されてしまった。その理論は材木座も腑に落ちたようでひとしきり唸った後、膝を打った。

「うぬぬ、こ、今度からは飲み物取りに行くとき誘ってもいいぞ！　許す！」

「どんなツンデレだ。ほれ、雪ノ下、紅茶な」

俺がカップを渡すと雪ノ下は素直に受け取り、由比ヶ浜のほうへ向き直る。

「ありがとう。それで、由比ヶ浜さん、なんだったかしら？」

「あ、うん。ゆきのん、一緒に歌おうよ。一人だと恥ずかしいし」

「絶対に嫌」

またしても即答だった。

「ええ!?　さっきなんでも言うこと聞くって言ったじゃん！」

「そんなことは言っていないのだけれど……」

「よせよせ由比ヶ浜。雪ノ下は歌には自信がねぇんだよ。察してやれ」

「そうなの？」

由比ヶ浜がきょとんとした表情で聞くと、雪ノ下は胸を張り、その胸にすっと手を当ててなんだか尊大なポーズをとった。

「ふっ、見くびってもらっては困るわね。ヴァイオリン、ピアノ、エレクトーン……、音楽は多少嗜んでいるわ」

「ピアノとエレクトーンってどっちもやる意味あんのかそれ……」

とにかく音楽的な素養には優れているということが言いたいらしい。

「別に歌うこと自体に抵抗はないわ。ただ、一曲歌いきるだけの体力があるか自信がないのよ」

「筋金入りの体力のなさだな……」

お前、それ生きてけんのか。

ちょいちょいと由比ヶ浜が雪ノ下の袖を引いた。

「ゆきのん、ゆきのん、二人で歌えば体力半分で済むよ？」

「それはどういう計算式なのかしら……。まぁ、そこまで言うなら一曲だけ付き合ってあげるわ」

「やった！」

雪ノ下の了解を取り付け由比ヶ浜がはしゃいでいると、小町がリモコンを引き寄せる。

「じゃあ、二人の後で小町も歌おうかなー。戸塚さんどうします？」

二人でリモコンを見つめながら戸塚がそっと指さした。

「うん、ぼくこれ歌いたいな……」

「それ、女性ボーカルですよ？」

「あ、そっか……。声、出るかな……」

「いえ、その心配はまったくないと思いますけど……。不安なら小町もお手伝いしますよー？」

少し心細そうな戸塚だったが、小町に言われてぱあぁっと輝くような笑顔を見せる。

「本当に？　ありがとう。一人じゃちょっと恥ずかしかったんだぁ……」

「うっ、こ、これは……お兄ちゃんが血迷う理由がわかるなぁ……」

そうかそうか、お前もわかってくれたか。あと、俺は別に血迷ってない。

「ふむ、どうやらペアで歌う流れのようだな」

なぜか材木座が俺との距離をちょっと詰めてきた。

「え、おいおい、ちょっと待てって。おかしいでしょ？　男女比半々のはずでしょ？　ちょ、なんで俺、材木座とペア決定なんだよ！」

言ったところでまったく聞いちゃいない。

「ふぅ、どうやら我(われ)のアニソンフォルダが火を噴(ふ)くようだな。どれ、まずは九〇年代後半から責めるか」

「おい、確かに俺もその辺のは好きだが、でも、お前と歌いたくねぇぞ！」

「おいおい、今さらそんなことを言われても困るぞ。我だってこんな状況で一人で歌いたくはないからな！　我が歌ったら空気やばいことになりそうだし」

「自覚はあんのかよ……。なら、やめとけって。おとなしく端っこに座って膝(ひざ)だけでリズム取ってようぜ……」

「いいや、限界だ！　歌うね！　我が歌っているときは一番いいウルトラオレンジを頼む」

「サイリウムの色とかどうでもいいから！」

しかも明らかに一番盛り下がる俺たちの番でウルトラオレンジって選択肢はない。

そうこうしているうちに、他のペアは着々と歌う準備を進めていた。

「あ、じゃああたしとゆきのん、これ歌う」

「ねえ、ちょっと私その曲知らないのだけれど、ちょ、聞いてる？」

雪ノ下(ゆきのした)の言葉が届いていないのか、由比ヶ浜(ゆいがはま)はさっそく曲を入れていた。

「えっと……送信ボタンは……」

「ここですここです」

続いて、ピピピッと電子音がする。

「あ、あーあー、ディバイディングドライバー！　ふむ、喉(のど)の調子は良さそうだな…」

「ちょ、ちょっと待ってください！　せめて戸塚(とつか)と。戸塚と一緒に歌わせてくれ！」

材木座が、ガガガ！　とかなり本気の発声練習をしている中、無機質で無情な機械の声が響く。

「まもなく、演奏を開始します」

それを聞いて雪ノ下が短いため息を吐いた。

「……はぁ、まったく」

「ゆきのん、ほらほら、始まるよ！」

「由比ヶ浜さん、マイクを」

「意外にやる気まんまんだ⁉」

誕生日会では居場所に困り、あだ名をつければトラウマ掘り当て、カラオケすれば男とデュエット……。や、やはり……俺の青春ラブコメはまちがっている……。

×　　×　　×

自動ドアが開いて由比ヶ浜が伸びをしながら一歩外に出た。

「んー！　歌った歌ったー！　久しぶりにカラオケ来ると楽しいなぁ。ゆきのんまた来ようね！」

「あなたと行くと何曲も歌わされそうだから嫌よ……。あれから五曲も歌わされるなんて……」

続いて出た雪ノ下がうんざりそう言うと、由比ヶ浜が懇願するような声を上げる。

「えー!? せっかくあんなに上手なんだからまた行こうよ!」

「あ、小町も小町も。小町も行きたいです」

そして小町が飛びつくように雪ノ下の横に並ぶ。二人に挟まれて、雪ノ下は少し頬を朱に染める。

「……まぁ、たまになら付き合ってもいいわ」

「うん、ありがと。それと、今日のことも。いろんな人にお祝いしてもらえて、嬉しかった……」

「そのお礼を言う相手は私ではないわ。人を集めたのは彼だもの」

「そ、そだね……。ヒ、ヒッキー」

俺が彼女たちに続いて外へ出たところで、由比ヶ浜がくるりと俺のほうへ振り向いた。

「あん?」

「あの、今日はありが、……あれ?」

由比ヶ浜が何か言いかけたが、訝しむような視線を俺の後ろへと向ける。つられて後ろを向くと、ちょうど自動ドアのところに人影があった。

機械音と共に一人の女性が出てくる。

「はぁ、一人で長い時間過ごしてしまった。まぁ、帰っても一人なんだけど……。ふふっ」

そう自嘲気味に笑う姿を見て、由比ヶ浜が怪訝そうな声を上げた。

「平塚先生? パーティーじゃなかったんですか?」

「ゆ、由比ヶ浜!? き、君たち、まだいたのか!?」

平塚先生はあたふたした様子で俺たち面々を見比べる。

パーティーという単語にふと思い当たるものがあり、俺は思わず口にしていた。

「パーティーってもしかして、婚活パーティーじゃ……」

「……うまくいかなかったのかしら」

どこか同情めいた響きを滲ませて雪ノ下が言うと、由比ヶ浜が慰めるように平塚先生に話しかけた。

「せ、せんせ？　ほら、あのー。結婚がすべてじゃないですよ！　仕事もあるし、先生強いから一人でもきっとだいじょぶです。だから元気出してください！」

だが、それを聞いた瞬間、平塚先生の瞳にじわっと涙が滲んだ。

「う、うううううぅ……。昔、まったく同じことを言われた……」

聞いてるこっちが悲しくなってくるようなことを呟くと、平塚先生は突如として全力ダッシュで走り去った。

「あ、逃げた」

遠くなっていく平塚先生の声が、ドップラー効果的に夜の街に響く。

「はぁ……結婚したい……」

〈ぼーなすとらっく！「たとえばこんなバースデーソング」おわり〉

GAGAGA
ガガガ文庫

やはり俺の青春ラブコメはまちがっている。③

渡航

発行　2020年4月22日　初版第1刷発行

発行人　立川義剛

編集人　星野博規

編集　星野博規

発行所　株式会社小学館
〒101-8001 東京都千代田区一ツ橋2-3-1
[編集]03-3230-9343　[販売]03-5281-3556

カバー印刷　株式会社美松堂

印刷・製本　図書印刷株式会社

Printed in Japan ISBN978-4-09-451851-1

Contents

渡 航【wataru watari】
illustration ぽんかん⑧
3
three